# ANDREA MARIA SCHENKEL

# FINSTERAU

KRIMINALROMAN

K
A
M
P
A

Die Originalausgabe erschien 2012
im Hoffmann und Campe Verlag, Hamburg.

*Für den Blick hinter die Verlagskulissen:*
*www.kampaverlag.ch/newsletter*

**KAMPA POCKET**
**DIE ERSTE KLIMANEUTRALE TASCHENBUCHREIHE**
Gedruckt auf säurefreiem und chlorfrei gebleichtem Papier zur Unterstützung verantwortungsvoller Waldnutzung, zertifiziert durch das Forest Stewardship Council. Der Umschlag enthält kein Plastik. Kampa Pockets werden klimaneutral gedruckt, kampaverlag.ch / nachhaltig informiert über das unterstützte $CO_2$-Kompensationsprojekt.

Veröffentlicht im Juli 2023 als Kampa Pocket

Covergestaltung: Lara Flues, Kampa Verlag
Covermotiv: Sam Ward © Kampa Verlag
Satz: Tristan Walkhoefer, Leipzig
Gesetzt aus der Stempel Garamond LT / 230130
Druck und Bindung: GGP Media GmbH, Pößneck
Auch als E-Book erhältlich
ISBN 978 3 311 15072 5

**www.kampaverlag.ch**

## *Hermann Müller*

Roswitha Haimerl stand da, den Mantel zugeknöpft, die Tasche unter dem Arm. »Hermann, ich geh jetzt heim. Ich hab die Schankstube aufgeräumt und die Stühle hochgestellt, bis auf die beim Tisch in der Ecke. Da sitzt wieder so ein windiger Krattler, den musst schon selber rausschmeißen. 'zahlt hat er schon.«

»Nur mit der Ruhe. Du weißt gar nicht, ob das ein Sandler ist, auch wenn er so ausschaut. Aber passt schon. Morgen ist ziemlich viel los, da sind wieder die vom Stammtisch da.«

Der Wirt spülte gerade die letzten Gläser, stellte sie zum Trocknen auf das Abtropfgitter und wischte sich die Hände am Geschirrtuch ab.

»Dass ich es nicht vergesse, ich wollte dich eh noch fragen, ob du ein bisserl zeitiger kommen kannst.«

»Ja, wird schon gehen. Also dann bis morgen.«

Roswitha Haimerl ging zur Tür. Hermann Müller begleitete sie.

»Gute Nacht, und pass gut auf, dass dich keiner mitnimmt.«

»Da brauchst keine Angst haben, Hermann, wenn mich bei der Nacht einer holt, der bringt mich spätestens am anderen Morgen wieder zurück. Servus, und schau, dass den Vaganten loswirst.«

Roswitha Haimerl ging lachend fort, während der Wirt hinter ihr abschloss. Den Schlüssel ließ er stecken. Dann ging er hinüber zum Ecktisch.

Der Gast lag mit dem Oberkörper über den Tisch, eine Hand unter seinem Gesicht, die andere hielt das halb volle Bierglas fest. Der Wirt griff nach dem Glas und stellte es außer Reichweite des Schlafenden. Dann legte er ihm die Hand auf die Schulter und versuchte ihn zu wecken.

»Feierabend ist. Schluss ist. Hörst mich?«

Der Mann richtete sich benommen auf. »Ja, ja, ich geh schon.«

»Soll ich dir ein Taxi holen? Oder kannst zu Fuß heim?«

Der Fremde versuchte aufzustehen, rutschte aus, fiel wieder zurück auf den Stuhl. »Lass mich! Ich geh ja schon. Nimm die Bratzen weg.«

»Immer mit der Ruhe. Soll ich dir helfen?«

»Mir braucht keiner helfen, keiner.« Er versuchte wieder hochzukommen, mit beiden Händen hielt er sich an der Tischplatte fest, sein Schlüssel fiel zu Boden.

Hermann Müller bückte sich, hob die Schlüssel auf. »Weißt was? Ich hol dir ein Taxi. Auto fahren tust du mir nicht mehr, Freunderl! Sonst hält dich am Ende noch die Polizei auf, und ich hab dann das Geschiss, weil ich dir kein Taxi gerufen hab.«

»Die Polizei, dass ich nicht lach!«

Der Gast versuchte zu lachen.

»Denen ist doch alles scheißegal. Wenn einer einmal einen Rausch hat, da mischen sie sich ein, den halten sie auf, die Herren von der Polizei, aber wennst einen umbringst, dann scheren sie sich einen Dreck drum. Das ist denen völlig gleich, sag ich dir.«

»Was redest denn da für einen Schmarren? Was ist wem gleich?«

Irgendwie hatte der Betrunkene es geschafft, auf die Beine zu kommen, schwankend beugte er sich etwas nach vorne, kam ganz nah an den Wirt heran.

»Die Polizisten lassen die Mörder laufen. Das sag ich dir.«

Mit dem Zeigefinger tippte er immer wieder an die Brust des Wirts.

»Ich weiß von einem Mord. Zwei Jahre nach dem Krieg war's, und keiner will es hören. Aber ich weiß es, ich gebe keine Ruhe. Ich weiß, wer es war und warum. Aber die, die wollen nichts davon wissen.«

»Ich kann mir nicht vorstellen, dass die Polizei nichts davon wissen will.«

»Die? Nichts wollen s' wissen, gar nichts. Denen ist es egal, scheißegal! Nicht richtig gesucht haben s', die Herren.«

Der Fremde hielt sich den Zeigefinger vor den Mund.

»Pscht! Kein Wort! Leise musst sein, ich weiß alles.«

Er ließ sich rückwärts wieder auf den Stuhl fallen.

»Weißt, es ist wie mit den drei Affen: Nichts sehen, nichts reden, nichts hören. Und wenn die Herren die Kollegen im Ausland einschalten müssten, ja, da lassen sie doch lieber gleich die Finger davon. Lieber stillhalten als in Frankreich anrufen. Sich nur keine Blöße geben.«

»Du redest einen Schmarren, warum sollte die Polizei lieber nichts machen, nur um nicht im Ausland ermitteln zu müssen?«

Doch der Mann antwortete nicht mehr, er lag wieder kopfüber auf dem Tisch und schlief. Zuerst versuchte Hermann Müller, ihn zu wecken, nach einer Weile gab er auf, löschte das Licht, verriegelte den Schankraum und ging mit der Kasse in seine Wohnung, die über der Gaststube lag.

Am anderen Morgen war der Mann nicht mehr da. Irgendwann im Laufe der Nacht war er durch ein Fenster der Gaststube verschwunden. Die Brieftasche hatte er unter dem Tisch liegen lassen.

Darin fand Roswitha Haimerl, als sie den Gastraum für den Tag herrichtete, neben ein paar Rechnungen und einem Zwanzigmarkschein einen alten, vergilbten Zeitungsausschnitt. Neugierig geworden, faltete sie ihn auseinander.

»Hermann, schau einmal her. Kennst den nicht? Ist das nicht der Dr. Augustin?«

Sie hielt dem Wirt den Artikel hin. »Schau, da war er noch jung.«

Der Wirt nahm den Ausschnitt: »Lass sehen.«

Dann legte er ihn wieder zusammen und steckte ihn in seine Brieftasche.

»Weißt was, Roswitha, den Ausschnitt werde ich dem Augustin heute zeigen, wenn er zum Frühschoppen kommt. Das wird ein Fez, da bin ich jetzt schon gespannt, was er sagt. Vor allem, wenn ich ihm die Geschichte von dem besoffenen Sandler gestern erzähle.«

## *Afra*

Die Fensterläden sind die ganze Nacht halb offen gestanden, so kann die Schwüle des Tages entweichen und die kühlere Luft des Morgens ins Zimmer strömen. Mit ihr ist auch die Mücke hereingekommen, deren Summen sie nun geweckt hat. Die Augen noch geschlossen, liegt Afra in ihrer Bettstatt in der Kammer und lauscht. Das Geräusch wird stärker, wenn sich das Insekt nähert, und schwächer, wenn es sich wieder entfernt. Manchmal fliegt es sogar so nah an ihrem Gesicht vorbei, dass sie einen leichten Lufthauch auf ihrer Haut spürt. Afra liegt da, ruhig, wartet. Das Surren wird lauter, schließlich bricht es ab. Sie fühlt die Mücke auf ihrer Wange, bleibt noch einen Augenblick still liegen, dann holt sie mit der flachen Hand aus. Der mit Blut vollgesogene Körper der Schnake platzt, und die klebrige Flüssigkeit haftet an ihren Fingern und der Wange.

Afra öffnet die Augen. Angewidert wischt sie sich die Hand am Leintuch ab. Das Zimmer ist grau. Die wenigen Möbel heben sich dunkel von den Wänden ab. Es ist kurz vor Sonnenaufgang,

Zeit aufzustehen. Sie schiebt die Zudecke beiseite; den kalten Lehmboden unter ihren nackten Füßen spürend, bleibt sie am Rand des Bettes sitzen und blickt hinüber zu Albert, der in seinem Kinderbettchen liegt und schläft. Das Kind ist ihr lieb und fremd zugleich. Es ist ihr Fleisch und Blut, und deshalb müsste sie es lieben, aber manchmal, wenn sie wie jetzt auf ihrem Bett sitzt, wünscht sie sich, es wäre nicht da, ihr Leben wäre einfacher. Sofort schämt sie sich, ermahnt sich selbst, dass es unrecht und eine Sünde ist, so zu denken, dass das Kind nichts dafürkann und es auch schöne Momente gibt, die sie nicht missen möchte. Aber trotzdem wird sie den Gedanken nicht los, er quält sie, kommt immer wieder. Nur an wenigen Tagen ist sie ganz frei davon, gestern war so ein Tag. Die Eltern sind in aller Frühe zur Messe gegangen und danach zu Verwandten. Afra und das Kind sind allein im Haus geblieben. Den ganzen Tag war vom Albdruck, der sonst auf ihr lastete, nichts zu spüren gewesen. Um nicht mitgehen zu müssen, hatte sie vorgegeben, die Weißwäsche waschen zu müssen, und trotz der Plackerei war es der schönste Sonntag seit Langem gewesen. In der Früh um vier Uhr war sie aufgestanden, hatte gefrühstückt und war hinaus in den Hof gegangen. Ehe die anderen im Haus wach wurden, stand sie bereits am hölzernen Trog und rieb die am Vorabend in Soda eingeweichte Wäsche Stück für Stück auf der Ruffel. Als sie den großen Topf mit Wäsche und Seifenlauge auf den Herd in der Küche gestellt hatte, waren Vater und Mutter gerade dabei gewesen, sich für den Kirchgang fertig zu machen. Nachdem sie fort waren, weckte sie Albert und zog ihn an, verrichtete die Arbeit im Haus, und von Zeit zu Zeit rührte sie die kochende Wäsche mit dem großen hölzernen Kochlöffel um. Das Kind lief wild hin und her, und sie hatte Angst gehabt, es könnte sich in einem unachtsamen Moment an der heißen Lauge verbrühen. So nahm sie es schließlich auf den Schoß, und gemeinsam sangen sie das Lied von der kleinen Hexe, die morgens um sechs aufsteht, um in die Scheune zu gehen. Immer und immer wieder sangen sie es, bis es Zeit war, die Wäsche aus der Lauge zu nehmen und im Hof erneut über das Waschbrett zu ziehen. Albert wurde nicht müde, so gut er konnte, zu helfen. Er trug die kleinen Stücke hinüber zum Grand, um sie dort im kalten Wasser des Brunnens auszuspülen, bis er von oben bis unten durchnässt und die Hände ganz blau waren vor Kälte. Afra zog ihm das nasse Gewand aus, trocknete ihn ab und setzte ihn mit einem Kanten Brot auf die Bank vor dem Haus, in die Sonne. Und als sie endlich die Wäsche geschweibt und zum

Bleichen auf der Wiese ausgebreitet hatte, setzte auch sie sich in die Sonne und sah dem Buben dabei zu, wie er versuchte, mit einer dünnen Gerte die Nachbarsgänse zu vertreiben, damit sie nicht über die ausgebreitete Wäsche liefen. Von Zeit zu Zeit stand sie auf und wässerte die zur Bleiche ausliegenden Stücke, bis sie schließlich am Abend alles wieder in die Wanne legte, um es am nächsten Morgen zum Trocknen aufzuhängen.

Als sie gerade dabei gewesen war, alles zusammenzuräumen und mit dem Buben ins Haus zu gehen, waren zwei Wanderburschen am Hof vorbeigekommen und hatten sich nach einer Bleibe für die Nacht erkundigt. Der eine der Burschen erinnerte sie ein wenig an Alberts Vater, es war weniger sein Aussehen, eher die Art und Weise, wie er sie ansah und dabei lächelte. Sie hatte sich mit ihnen noch ein bisschen unterhalten und sie dann weitergeschickt hinüber zum Nachbarn. Danach war sie mit dem Kind ins Haus gegangen, die Abendsuppe herrichten. Noch während sie damit beschäftigt war, war Albert auf dem Kanapee in der Küche eingeschlafen, und sie trug das schlafende Kind in die Kammer hinüber, ohne es zu wecken.

Afra atmet tief durch. Warum können nicht alle Tage so unbeschwert sein wie der vergangene?

Dann steht sie auf, zieht sich leise an, um Albert nicht zu wecken, und geht in die Küche.

Draußen vor dem Fenster beginnt es nun endlich Tag zu werden. Sie zögert, soll sie das Licht in der Küche noch einschalten? Die Hand bereits am Schalter, beschließt sie, es bleiben zu lassen, läuft im Dämmerlicht hinüber zur Höll neben dem Küchenherd, nimmt Zündhölzer, Papier, Reiser und Holzscheite, öffnet die Ofentür und schürt den Herd an. Sie greift nach der hölzernen Schale im Regal und geht in die Speis. Auf der Fensterbank steht der Milchweitling. Afra schöpft die gestockte Milch aus dem irdenen Gefäß in die kleine Schüssel. Füllt diese bis zum Rand. Vorsichtig und darauf bedacht, nichts zu verschütten, geht sie wieder hinaus in die Küche. Dort stellt sie die Schale mit der Morgensuppe auf den Tisch, dazu noch etwas Brot zum Einbrocken. Afra nimmt den Löffel aus der Tischschublade und legt ihn daneben. Sie sitzt da und wartet. Von draußen hört sie leise die Stimmen der anderen. Jeden Augenblick können der Vater oder die Mutter die Küchentür öffnen. Sie kann sich denken, was passieren wird, wenn sie hereinkommen. Die Mutter wird ihr wieder Vorhaltungen machen, weil sie gestern nicht in der Kirche war, nicht einmal zur Abendandacht ist sie gegangen, und darüber lamentieren, wie sie sich geschämt hat vor dem ganzen Dorf und den Verwandten. Der Vater wird sie ermahnen, sich anständig hinzusetzen und das morgendliche Dankgebet mit ihm zu sprechen.

Sie wird sich schlecht fühlen, von klein an haben sie ihr das Gefühl gegeben, unrecht zu tun oder zur falschen Zeit am falschen Ort zu sein. Nichts macht sie richtig in den Augen der Eltern. Sie weiß, wie hart es die Mutter ankommt, wenn sie nicht betet, nicht in den Gottesdienst geht. Aber sie will nicht, sie wird es nicht tun. Warum sollte sie? Soll sie danken dafür, dass sie jeden Tag aufs Neue um die einfachsten Dinge kämpfen muss? Wer ist dieser Gott, der ihr so ein Leben aufzwingt? Sie hasst die Armut, die Enge. Aber am meisten ist ihr die untertänige Obrigkeitshörigkeit ihrer Eltern zuwider. Das »Was werden die Leute sagen, Kind? Hast nicht schon genug Schande über uns gebracht? Warum kannst du nicht den geraden, aufrechten Weg gehen?«.

Zornig schiebt sie die Schale mit einem Ruck zur Seite, schert sich nicht um die überschwappende Milch und steht vom Tisch auf.

In diesem Moment betritt der Vater die Küche. Afra sieht ihn nicht an, grüßt ihn nicht, drängt sich an ihm vorbei.

»Wo willst du hin? Wird in diesem Haus nicht mehr gegrüßt? Hier leben immer noch anständige Menschen!«, ruft er ihr nach.

Sie erwidert leise, ohne sich zu ihm umzudrehen: »Rutsch mir doch den Buckel runter, du alter Depp.«

## *Johann*

Sie hatten ihn nicht gehen lassen. Er hätte es wissen müssen, es war wie damals gewesen. Sein ganzes Leben hatte er versucht, unbescholten und fromm zu sein. Genau wie seinerzeit hatten sie ihn mitgenommen und nicht wieder gehen lassen.

Der Bub, er war immer zwischen seinen Beinen herumgelaufen, war immer im Weg gewesen. Und sie, sie hatte ihn verzogen. Es war nicht richtig gewesen von der Afra. Nicht richtig.

Er ging in der Zelle auf und ab, er konnte sich nicht setzen. Er konnte auch keinen klaren Gedanken fassen.

Nehmt täglich euer Kreuz auf euch und folgt mir nach. Der einzige Unterschied lag im Warum. Seinerzeit war es sein Glaube gewesen. Er hatte nicht abschwören wollen. Er war fest zu seinem Gott gestanden.

»Und ob ich schon wanderte im finstern Tal … und ob ich schon wanderte im finstern Tal …«

Wie ging es weiter? Er konnte sich nicht mehr erinnern.

An so viele Dinge konnte er sich nicht mehr erinnern. Es ärgerte ihn, warum nur war es auf einmal nicht mehr da? Er fing an, Sachen zu verlegen, oder befand sich an einem Ort, wusste nicht, was er hier wollte oder wo er war. Dann setzte er sich und wartete, bis es ihm wieder in den Sinn kam. Vielleicht hatten sie recht, und er war es gewesen, aber er war doch nicht verrückt. Er stand auf und lief wieder in der Zelle umher.

Acht Wochen hatten sie ihn seinerzeit behalten, und am Ende hatte er gehen dürfen. Er hatte nicht abgeschworen, er hatte fest zu seinem Glauben gestanden. Seit dem Tag, an dem er das Gelübde abgelegt hatte, hatte er fest dazu gestanden. Daran konnte er sich erinnern, er war nicht vergesslich, war das nicht Beweis genug? Alles war da, jede Einzelheit, ganz klar, als ob es gestern erst geschehen wäre. Noch vor dem Ersten Weltkrieg war er in den Dritten Orden eingetreten. Ein junger Bursch war er damals gewesen und hatte sich geschworen, ein gottesfürchtiges Leben zu führen. Als Zeichen seiner Zugehörigkeit zum Orden trug er seither die Schnur um den Leib. Im letzten Kriegsjahr hatte er Theres geheiratet. Ihre Brüder waren allesamt im Feld geblieben und Vater und Mutter schon lange tot. Sie hatte niemanden mehr, und für ihn war es an der Zeit, sich ein Weib zu suchen. Die Liebe kommt mit der Ehe. Ab diesem

Zeitpunkt gingen sie gemeinsam durchs Leben. Sie war keine Schönheit, klein gewachsen, immer zu mager, aber sie war gläubig und genügsam. Ehe Afra geboren wurde, hatte sie vier Kindern das Leben geschenkt, keines überlebte mehr als zwei Tage, eines wurde vor der Zeit tot geboren, ein anderes starb während der Geburt. Er fing an, daran zu zweifeln, ob es richtig gewesen war zu heiraten, weil sie doch – wenn auch über viele Ecken – blutsverwandt waren. Als sie beide schon nicht mehr daran glaubten, dass Gott ihnen ein Kind schenken würde, kam Afra zur Welt. Und nun schien es, als wollte der Herr sie vom ersten Tag an mit diesem Kind einer Prüfung unterziehen. Afra hatte ihren eigenen Kopf, sie sagte die Unwahrheit, log selbst dann noch, wenn er sie dabei erwischte. Sie machte ihm nur Sorgen. Poussierte schon früh mit den Burschen aus der Nachbarschaft. Er verprügelte sie, wollte sie auf den richtigen Weg zwingen. Sie kümmerte sich nicht darum, schüttelte sich wie ein nasser Hund, und er hatte Theres in Verdacht, dass sie sie hinter seinem Rücken tröstete. Gleich nachdem Afra mit der Schule fertig war, ging sie weg. Nur ganz selten kam sie nach Hause. Und wenn, blieb sie nicht lang. Aber sie hätte auch gar nicht im Haus bleiben können. Sie hatten nichts, es reichte gerade zum Leben. Er arbeitete bei der Bahn, Theres saß bis spät in die Nacht hinein an der Nähmaschine und nähte Bordüren und Tressen für die Sonntagstrachten der Bäuerinnen. Auch wenn er nichts von derlei Prunksucht hielt, die Kundschaft kam von überall her, und sie brauchten jeden Pfennig.

Er ging weiter und weiter, wollte nicht innehalten. Er konnte sich an den Psalm nicht erinnern, es machte ihn wütend. Warum fiel er ihm gerade jetzt nicht ein? Er war immer den geraden Weg gegangen. Immer den geraden Weg. Sein ganzes Leben lang. Er hatte gebetet und gearbeitet, versucht, ein guter Mann zu sein und seine Tochter fromm zu erziehen. Er wusste immer, wo sein Platz war im Leben, nur ein Mal hatte er sich aufgelehnt gegen die hohen Herren, und dafür hat er bezahlt. Gleich nachdem die braune Brut an die Macht gekommen war. Alleingelassen hat er sich damals gefühlt, sogar der Pfarrer von der Kanzel redete dem Gesindel nach dem Mund. Aber er las weiter jeden Abend mit Weib und Kind in der Bibel, und so konnte er nicht an sich halten, stand während des Gottesdienstes auf und widersprach. Ein einziges Mal nur in seinem Leben war er aufgestanden und hatte offen widersprochen, hatte vor aller Augen, vor der ganzen Gemeinde widerstanden. Er hatte gesagt, dass es keinen aufrechten Christenmenschen freuen konnte, was da geschah, und dass die sie alle ins Unglück führen würden. Und dass das der Herr Pfarrer und auch der Bischof nicht zulassen dürften.

Schon am nächsten Tag kamen sie und holten ihn ab. Er konnte sich erinnern, wie die Afra, die damals noch ein Kind war, in der Tür neben der Mutter gestanden hatte. Er konnte sogar sagen, welche Kleider die beiden damals trugen. Ja, er erinnerte sich daran, wie die Theres der Afra über den Kopf strich, als sie beide da standen und zusahen, wie sie mit ihm im Auto wegfuhren.

Sie hatten ihn mitgenommen und verhört.

Nach acht Wochen hatten sie ihn gehen lassen. Er überlebte die Schläge, den Spott, den Hunger und all die anderen Schikanen, denn Gott der Herr war mit ihm. Ehe sie ihn gehen ließen, hat er noch unterschreiben müssen, dass er mit niemandem ein Wort über das sprechen würde, was er gesehen und erlebt hatte, sonst würden sie ihn wieder holen und nicht mehr gehen lassen. Er hielt sich daran. Er hatte mit niemandem darüber gesprochen, mit keinem. Kein einziges Wort. Nicht einmal mit seiner Frau. Mehr noch, er verbot sich selbst, daran zu denken, merzte alles aus seinem Gedächtnis aus, aus Angst, sie könnten ihn wieder abholen. Er wurde still, er lernte, nie wieder zu widersprechen, nie wieder aufzubegehren.

»Und ob ich schon wanderte im finstern Tal …«

Er konnte sich nicht erinnern. Auch wenn er sich noch so sehr anstrengte, es blieb verschwunden. Als hätte er in seinem Kopf ein großes schwarzes Loch, und wenn er nur einen Moment nicht aufpasste, verschwanden alle seine Gedanken und Erinnerungen darin. Er ging weiter auf und ab und stemmte sich gegen das Vergessen.

# *Afra*

Vor fast auf den Tag genau drei Jahren, im Sommer 44, war Afra in ihr Elternhaus zurückgekehrt, mit einem alten Fahrrad und ihren wenigen Habseligkeiten war sie vor der Tür gestanden. Ohne Ankündigung, einfach so. Jahrelang hatte sie sich nicht mehr zu Hause blicken lassen, mit vierzehn Jahren, gleich nach der Schule, war sie weg. Zuerst arbeitete sie als Kuchelmensch, später dann als Magd und Bedienung. Drei-, vielleicht viermal kam sie in all den Jahren nach Hause, nur um möglichst schnell wieder zu gehen. Heimweh hatte sie keines, nicht einmal in der ersten Zeit, und zurückkommen wollte sie auch nie. Doch dann kam der Tag, an dem sie Hals über Kopf aus ihrer Stellung weggehen musste. Ihr Dienstherr hatte sie hinausgeworfen, mit Schimpf und Schande fortgejagt, und sie ging wie ein geprügelter Hund.

»Kannst froh sein, dass du so billig davonkommst«, hatte er ihr beim Abschied noch hinterhergerufen. »Eine Franzosenschickse, die sich mit Fremdarbeitern einlässt! Eine dreckige Hure, eine

Schlampe bist, so ein Mensch kann ich hier nicht gutheißen.«

Sogar um einen Großteil des ausstehenden Lohns hatte man sie geprellt.

Es war derselbe Abend, an dem sie den Brief gefunden hatte, wobei »finden« nicht das richtige Wort war, sie hatte ihn gar nicht übersehen können, an die Innenseite ihrer Kammertür hatten sie ihn genagelt, die anständigen und ehrbaren Leute aus dem Dorf. Und als sie die Tür schloss und ihren Kittel wie jeden Abend vor dem Zubettgehen an den Nagel an der Tür hängen wollte, sprang ihr der Hassbrief direkt in die Augen. Mit einem Strick an den nächsten Baum würden sie sie hängen, stand da, schleichen sollte sie sich, am besten auf der Stelle. Sie sei eine Schande für alle ehrbaren deutschen Frauen, deren Männer im Krieg seien. Eine dreckige Hure sei sie, und aufpassen solle sie, denn sie würden schon auf sie warten, und dann gnade ihr Gott.

Afra riss den Fetzen von der Tür und rannte hinunter in die Schankstube. Am ganzen Leib zitternd vor Wut warf sie den Zettel auf den Schanktisch, streifte ihn mit beiden Händen glatt und hielt ihn fest, als könnte ein Windstoß ihn fortwehen. Sie wollte den Tafernwirt fragen, ob sie denn nicht immer anständig und gewissenhaft ihre Arbeit erledigt habe.

»Habe ich hier nicht gerackert wie ein Viech? Was soll das?«

Doch er schnitt ihr das Wort ab, raunzte sie nur an: »Werden schon recht haben, die Leute. So eine Schnalle wie du sollte sich wirklich schleichen. Lieber heut als morgen. Verstehst? Ist besser so für uns alle, ich kann kein solches Mensch in meinem Haus brauchen. Am Ende bleibt die Schande an mir hängen, oder sie sperren mich ein, weil ich nichts angezeigt habe. Brauchst gar nicht so wild schauen. Eines sag ich dir, wegen so was setz ich doch nicht mein Sach aufs Spiel und geh am End gar ins KZ. Die Hose ist einem immer näher als das Hemd, das merkst dir. Auf den Franzosen kann ich nicht verzichten, auf ein Weiberleut schon. Ich brauche jeden, der hinlangen kann auf dem Hof und im Haus. Einen, der sich vor keiner Arbeit scheut. Mir ist es ganz gleich, wo einer herkommt, und der Franzmann, der kostet mich fast nichts. So, und jetzt hau ab, morgen in der Früh möchte ich dich nicht mehr sehen.«

Mit diesen Worten drehte er sich um und ließ sie alleine. Afra stieg hinauf in ihre Kammer, packte ihre gesamte Habe und ging. Den ausstehenden Lohn warf ihr die Wirtin erst vor die Füße, als sie danach verlangte. In der ganzen Schankstube rollten die Münzen über den Boden. Auf ihren Knien rutschte sie herum, um das Geld aufzusammeln.

Der Wirt selbst hatte sich verleugnen lassen. Und den Brief, den sie für den Franzosen dagelassen hatte, verbrannten sie noch am gleichen Abend. Warum den Brief hergeben? Wenn die Arbeiter am nächsten Morgen herbeigekarrt werden, dann ist sie halt weg, die Afra, und alles wird weiter seinen geregelten Gang gehen. Das ist nur zu jedermanns Nutzen.

Drei Tage und zwei Nächte war sie damals unterwegs. Sie radelte, bis ihr die Kräfte ausgingen, dann schob sie das Rad, und als sie nicht mehr konnte, machte sie eine kurze Pause am Waldrand oder an einem Brunnen, wenn sie gerade an einem vorbeikam. Die erste Nacht mietete sie sich in einem kleinen Gasthof ein und brach gleich nach Sonnenaufgang auf. In der darauffolgenden Nacht fand sie einen Platz im Heu. Und dann, am späten Nachmittag, lag Finsterau auf einmal vor ihr. Das Elternhaus war noch kleiner und schäbiger, als sie es in Erinnerung hatte. Zwei Kammern, eine winziger als die andere, eine Küche und die Speis. Die Fenster zugige Löcher, selbst im Sommer roch es modrig feucht. Das Wasser musste aus dem Pumpbrunnen im Hof ins Haus geholt werden, und das Häusl stand gleich neben dem Misthaufen. Der Kanal war noch nicht bis hierher an den Dorfrand verlegt worden, und selbst wenn, die Eltern hätten es sich auch gar nicht leisten können, nicht vor dem Krieg, als die Zeiten noch besser waren, und jetzt erst recht nicht. Wenigstens das Elektrische war Anfang der zwanziger Jahre verlegt worden, kurz nachdem Afra geboren worden war. Die Mutter war so stolz darauf, nächtelang saß sie an der Nähmaschine. Flitterarbeit, ein Zubrot, denn der Vater verdingte sich sein Lebtag, erst als Tagelöhner und später dann als Streckenarbeiter bei der Bahn. Zum Sterben zu viel und zum Leben zu wenig. Häusler eben. Dieser ganzen Not hatte sie entfliehen wollen, weggelaufen war sie damals von zu Hause, nur um wieder zurückzukommen. So stand sie im Hof und blickte sich um. Die Haustür war wie immer sperrangelweit offen und gleich neben der Tür der weiße Eimer mit der Schöpfkelle. Von frühester Kindheit an war es ihre Arbeit gewesen, den Eimer mit frischem Brunnenwasser zu füllen. Nichts hatte sich verändert, und nichts würde sich ändern, hier an diesem Ort war die Zeit stehen geblieben.

»Für immer und ewig, Amen.«

Und als wäre sie nie von zu Hause fortgegangen, nahm Afra damals den Eimer und ging hinüber zum Brunnen.

Im April 45 kam der Krieg auch in diesen Teil des Landes, und im Mai ging er dann zu Ende, kurze Zeit später kam Albert zur Welt. Dass sie von dem Franzosen schwanger war, hatte sie erst gemerkt, als sie schon wieder zu Hause war. Für ihre stranggläubigen Eltern eine Schande, ein Kind der Sünde. Und als müsste es den Umstand seiner unehelichen Geburt noch unterstreichen, zog an diesem Nachmittag aus heiterem Himmel ein Gewitter auf, machte den Tag zur Nacht. Ihre Mutter stellte die schwarze Wetterkerze ins Fenster und betete unaufhörlich und laut gegen den Sturm an, während in der Kammer ihr Enkelkind geboren wurde. Anfangs glaubte Afra noch, der Franzose würde jetzt, nachdem der Krieg zu Ende war, kommen und sie holen. Sie hatte ihm doch in ihrem Abschiedsbrief geschrieben, wohin sie gehen würde, aber als sich ihre Hoffnung nicht erfüllte, verblasste die Erinnerung an ihn immer mehr. Konnte sie sich zu Beginn noch an jede Einzelheit erinnern, bleichten die Bilder in ihrem Kopf aus wie häufig gewaschene Wäsche und verloren sich schließlich ganz. Als Erstes verschwand sein Gesicht. Eines Tages ertappte sie sich dabei, beim besten Willen nicht mehr sagen zu können, welche Farbe seine Augen hatten, dabei war es ihr doch vor Kurzem noch gegenwärtig gewesen. Der Mund, die Nase, alles verschwand, übrig blieb eine leere helle Fläche. Dann vergaß sie auch den Klang seiner Stimme, die Körperhaltung, den Gang, er war wie ausgelöscht. Der Geruch hielt sich am längsten, aber auch die Erinnerung daran war eines Tages weg.

Wäre Albert nicht gewesen, sie hätte nie mehr einen Gedanken an ihn verschwendet, ganz so, wie man am Morgen noch vor dem Aufwachen den Traum der letzten Nacht bereits vergessen hat. Aber Albert war da, und die Situation im Haus wurde mit jedem Tag unerträglicher.

*Aus der Aussage des mittlerweile pensionierten Polizisten Hermann Irgang, 18 Jahre nach den Ereignissen*

Gleich zu Beginn möchte ich feststellen, die Sache ist fast zwanzig Jahre her – wenn ich etwas sage, dann ist es so, wie ich es im Gedächtnis habe, an jede Einzelheit kann ich mich nicht mehr erinnern. Ich war damals mit meinem Kollegen Weinzierl als Erster am Tatort.

Der Nachbar, der Schlegler, der ist seinerzeit zu uns auf die Wache gekommen und hat gemeint: »Bei den Häuslern draußen ist ein Unfall passiert.«

Der Schlegler hat nicht sagen können, was genau geschehen ist, da der Alte nur wirr durcheinandergeredet hat. Nur so viel konnte er aus dem Gestammel heraushören, dass was mit dem Kind und der Afra ist. Er, der Nachbar, der soll zu den Gendarmen laufen und die herholen. Der Zauner selbst ist wieder heim.

Damals hatten wir Dorfpolizisten noch kein Auto. Es war ja auch gleich nach dem Krieg. Wir sind alles mit dem Fahrrad gefahren. Heutzutage wäre das gar nicht mehr machbar.

Der Weinzierl, der war als Anwärter bei uns und erst seit ein paar Monaten dabei. Ich hab mir gedacht, ich nehme den mit, damit er was lernt und die Leute und die Gegend besser kennenlernt. Darum sind wir zu zweit mit dem Fahrrad losgefahren.

Von außen hat alles ganz normal ausgeschaut. Neben dem Haus ist die Wäsche an der Leine gehangen. Mir ist das mit der Wäsche noch so gegenwärtig, weil es doch den ganzen Vormittag ausgesehen hat, als würde jetzt gleich ein Gewitter kommen, da hab ich mich gewundert, dass die noch keiner von der Leine genommen hat.

Wie wir in die Kuchl rein sind, ist mir der Zauner von Anfang an suspekt gewesen. Er stand da, über die Waschschüssel gebeugt. Er hatte nicht einmal den Kopf zur Tür gewandt, obwohl er uns doch hat kommen hören. Der Körper war ausgemergelt, sehnig, man konnte schon sehen, dass er sein Leben lang gerackert hat wie ein Vieh. Dagestanden ist er nur in Unterhemd und Hose. Die Hosenträger hingen zu beiden Seiten herab. Das Hemd war schmutzig und verschwitzt. In seinen Händen hielt er einen nassen Hadern. Erst im Näherkommen sahen wir, dass es kein Lumpen war, den er hielt, es war sein Oberhemd. Es war getränkt vom Blut und vom Wasser. Für uns war es eindeutig, er hatte das Blut herauswaschen wollen. Da gab es keine andere Erklärung.

Ich hatte erwartet, dass der Alte aufgeregt und verstört ist, nach allem, was wir vom Schlegler gehört hatten.

Aber der ist da gestanden, in der Küche, als ginge ihn das alles nichts an. Er hat mit dem Wasser rumgepritschelt, hat erst aufgehört, wie ich ihm gesagt hab, dass er sich hinsetzen soll. Ohne ein Wort ist er zum Stuhl und hat sich hingehockt. Ist da gesessen, breitbeinig, verstockt. Ich hab ihm das Hemd aus der Hand genommen. Er hat es gar nicht registriert, er hat weiter vor sich hin gestiert. Der Zauner hat nicht geweint, war nicht verzweifelt. Nichts. Sitzt da, schaut auf seine Hände, als ob nichts passiert wäre.

Wenn der Tochter und dem Enkel ein Unglück widerfahren ist, dann stehe ich doch nicht an der Waschschüssel und wasche? Das macht doch kein normaler Mensch.

Als Dorfpolizist hört man so einiges, von überall her ist es uns zugetragen worden, dass die draußen im Hirtenhäusl nicht gut zusammengehaust haben. Wie Hund und Katz waren der Alte und die Afra. Streitsüchtig war er schon immer, und mit jedem Jahr ist es schlimmer geworden.

Besonders das Kind war ihm ein Dorn im Auge. Es ist schon eine Schande, dass sie ein lediges Kind hat. Aber sie war nicht die Erste und wird auch nicht die Letzte sein mit einem Bankerten. Dass man darüber so in Wut geraten kann, versteh ich bis heute nicht.

## *Afra*

Afra schlüpft in die neben der Haustür stehenden Trittlinge und geht hinaus in den Hof. Auf der Bank vor dem Haus steht die Wanne mit der gebleichten Wäsche. Sie packt sie mit beiden Händen und trägt sie hinüber zum Brunnen. Dort spült sie die Weißwäsche erneut im Grand. Schon nach Kurzem werden die Hände im kalten Wasser rot und schmerzen bei jeder Bewegung. Stück für Stück holt sie heraus und windet es, so gut es geht, am Rand des steinernen Trogs aus. Dann legt sie es in den Korb. Von Zeit zu Zeit richtet sie sich auf, trocknet sich die Hände an der Schürze ab und versucht, die klammen Finger zu wärmen, indem sie sie aneinander reibt. Dabei blickt sie hinüber zur Tür, sie sieht, wie der Vater aus dem Haus geht. Er schaut nicht einmal zu ihr hinüber. Nur noch ein Leinentuch liegt im Wasser, sie spült es durch, und als sie das letzte Stück ausgewrungen hat und in den Korb legt, kommt auch die Mutter aus dem Haus und geht direkt auf Afra zu.

»Ich muss auf die Gemeinde nach Einhausen und danach noch hinüber zu den Müllerischen.

Du bist heute die meiste Zeit alleine mit dem Vater.«

Und ohne eine Erwiderung abzuwarten, fährt sie fort: »Ich sehe zu, dass ich gegen frühen Nachmittag wieder da bin. Nach dem Albert habe ich gerade geschaut, der liegt noch in seinem Bett und schläft, aber lange wird es nicht mehr dauern und das Kind ist wach. Der Vater, der ist zum Mähen auf die Wiese neben dem Bahndamm. Dass du dich nicht wieder mit ihm streitest, wenn ich nicht da bin, von dem ständigen Händel wissen schon alle Nachbarn, es muss nicht auch noch im ganzen Dorf bekannt werden. Keinen Schlaf hab ich finden können in der letzten Nacht, so setzt es mir zu. Ich will, dass der Unfrieden in dem Haus endlich ein Ende hat.«

»An mir soll es nicht liegen, Mutter.«

»An wem es liegt, ist mir ganz gleich, ich will meinen Frieden haben, und das ist alles.«

Ohne ein weiteres Wort macht sie kehrt, geht hinüber zum Rad, klemmt den Korb auf den Gepäckträger, und kurz bevor sie losfährt, ruft sie Afra noch zu: »Der Vater wird in zwei Stunden zurück sein. Du musst ihm noch eine Brotzeit herrichten – wenn er vom Mähen kommt, hat er Hunger, und dass du daran denkst und es nicht vergisst!«

Afra steht da, mit dem Wäschekorb in der Hand,

und sagt leise mit einem bitteren Unterton, mehr zu sich selbst: »Nein, das vergesse ich schon nicht.«

Afra geht am Haus vorbei zum Schupfen. Sie spannt die Leinen von der hölzernen Rückwand hinüber zum Haus. Nimmt die Wäsche aus dem Korb und hängt sie auf. Als sie damit fertig ist, lehnt sie den Korb gegen den Schupfen, geht zum kleinen Verschlag, öffnet die Tür und lässt die Hühner hinaus in den Garten. Sie sieht zu, wie sie zu den Obstbäumen laufen oder sich unter den Johannisbeersträuchern verkriechen. Sie liebt es, hier an dieser Stelle zu stehen und in den Garten zu blicken. Sie steht immer am gleichen Platz. Der Anblick der blühenden Bäume im Frühjahr ist ihr der liebste, besonders wenn der Wind die weißen Blätter der Blüten, Schneeflocken gleich, über die Wiese treibt. Als Kind hatte sie sich an der anderen Ecke des Gartens unter den Sträuchern ein Lager eingerichtet. Wann immer sie aus dem Haus fortkonnte, saß sie dort hinter den Büschen und spielte. Afra geht hinüber zum alten Versteck, und sie glaubt, im Gras etwas blinken zu sehen. Zuerst ist sie sich nicht sicher, weiß nicht, ob sie sich getäuscht hat, doch dann sieht sie es wieder, hinten am Ende des Gartens, ganz nah bei den Brennnesseln liegt etwas in der Wiese. Dort angelangt, kann sie zunächst nichts finden. Sie bückt sich, windet den Stoff der Schürze um die Hand und streift vorsichtig die Brennnesseln zur Seite. Vor ihr im Gras liegt die kleine Hacke. Der Vater wird sie in seiner Zerstreutheit hier liegen gelassen haben, und wenn er sie dann nicht findet, wird er wieder sie beschuldigen, die Hacke verschlampt zu haben. Er beginnt, Dinge zu vergessen oder immer und immer wieder dieselben Sachen aufs Neue zu erzählen, drei, vier Mal hintereinander, und beim Essen tut er sich an manchen Tagen schwer, den Löffel zum Mund zu führen, ohne die Suppe zu verschütten. Wenn Afra oder die Mutter ihn ermahnen, nicht so zu tredern, wird er böse und fängt an zu streiten. Er fährt in jüngster Zeit wegen jeder Nichtigkeit aus der Haut, und das mit einer Gewalt, die jeden überrascht und zugleich ängstigt. Afra greift nach der Hacke, hebt sie auf und geht zurück zum Schupfen. Nass und schwer hängen die Leinentücher an den Wäscheleinen, sie bewegen sich träge im leichten Wind hin und her. Eine weiße Wand aus Stoff, die sich aufbauscht, um gleich wieder zusammenzufallen.

# *Johann*

Alles, woran Johann Zauner sich später erinnern konnte, war Afra, wie sie auf dem Kanapee lag, das Gesicht zum Plafond. Sie hatte die Augen offen, und am Boden verstreut lagen Glasscherben. Er war in die Scherben getreten, noch lange danach war ihm das Geräusch gegenwärtig. Das Knirschen, wenn die Scherben unter den Schuhsohlen zermahlen werden. Er stand da und verstand nicht, was geschehen war. Er sah ihr Haar vom Blut rötlich gefärbt und wie das Blut langsam auf das Kanapee sickerte. Mit zitternder Hand berührte er ihre Stirn, fuhr zärtlich über ihre Lider und schloss ihre Augen.

Erst dann hörte er das Wimmern, ihm war, als risse es ihn jäh aus einem Traum. Er blickte sich suchend um, und schließlich fand er das Kind am Boden liegend, halb verdeckt durch den umgefallenen Stuhl. Er schob ihn beiseite, hob das Kind unbeholfen auf und presste es an sich. Hielt es fest gedrückt, nicht wie man ein Kind hält, eher wie einen Packen Lumpen, darauf bedacht, keinen der Fetzen fallen zu lassen.

»Hab keine Angst, es wird alles gut, es wird alles gut«, sagte er immer wieder.

Er sprach nur, um eine Stimme zu hören, die ihn beruhigte, um sich nicht allein zu fühlen.

Mit dem wimmernden Kind an der Brust ging er hinaus in den Hof. Das Bündel mit beiden Armen fest umschlossen, machte er sich auf den Weg hinüber zum Nachbarn. Er war die Hälfte der Strecke gelaufen, da erst merkte er, wie etwas warm und feucht zwischen seinen Fingern hindurch an den Armen entlanglief. Und als er stehen blieb und an sich hinabblickte, sah er das Blut. Er wusste nicht, was er tun sollte, wartete einen Moment. Er lief ein paar Schritte vorwärts, dann wieder in die entgegengesetzte Richtung, schließlich machte er kehrt und ging nun langsam zurück zum Haus.

In der Küche schob er mit dem Fuß die Scherben und die auf dem Boden liegende Hacke zur Seite und legte das Kind vorsichtig auf den Dielenbrettern neben dem Kanapee ab. Er wollte es nicht neben die tote Mutter legen, da war nicht genügend Platz, und er hatte Angst, es könnte durch eine unachtsame Bewegung herunterfallen, sich wehtun. Ebenso graute er sich davor, Afra noch einmal zu berühren. Er holte das alte Wolltuch aus dem Schlafzimmer und deckte das Kind damit zu. Er hatte Angst, es würde sich den Tod holen, wenn er es so auf dem kalten Boden liegen ließe.

Irgendwann musste er dann hinübergelaufen sein zum Nachbarn. Über den Zaun sollte er ihm zugerufen haben, dass dieser die Gendarmen verständigen solle. So hatten es ihm die Polizisten später zumindest erzählt. Er selbst wusste nichts mehr darüber. Wenn das Gedächtnis ein Gefäß war, bis zum Rand gefüllt mit Erlebtem, dann war seines zerbrochen wie die Glasflasche in der Küche, auf deren Scherben er getreten war. Seine Erinnerungen waren Bruchstücke, dazwischen Lücken, die nicht zu füllen waren, an manchen Tagen konnte er nicht mehr unterscheiden zwischen dem, was war, und dem, was er nur geträumt hatte. In letzter Zeit kam es darum immer häufiger zum Streit. Es machte ihn wütend, er fühlte sich zu Unrecht beschuldigt, Dinge getan oder unterlassen zu haben, an die er sich nicht mehr erinnerte. Schließlich war er sich fast sicher, die Frau und die Tochter steckten unter einer Decke, versteckten absichtlich Gegenstände und behaupteten, er hätte dieses oder jenes getan, nur um ihn als Lügner dastehen zu lassen und ihn so in Rage zu bringen.

*Aus der Aussage des mittlerweile pensionierten Polizisten Hermann Irgang, 18 Jahre nach den Ereignissen*

Wie schon gesagt, habe ich den Zauner aufgefordert, sich zu setzen. Er hockte schweigend da und hielt das Hemd fest mit seinen Händen umklammert. Die Nässe lief heraus, tropfte zu Boden und bildete dort eine Lache. Die halbe Küche schwamm schon. Ich bin dann hin und habe ihm das Knäuel aus der Hand genommen und es neben die Waschschüssel gelegt. Der alte Zauner saß die ganze Zeit nur reglos da.

Wir sind dann hinüber zum Sofa. Die Afra lag dort, die Augen geschlossen, aber oben am Haaransatz, da klaffte eine Wunde. Ihre Haare schimmerten ganz rötlich vom Blut, und die Hände waren zerschnitten, zerkratzt, ganz so, als hätte sie mit aller Kraft versucht, sich zur Wehr zu setzen. Es muss ein fürchterlicher Kampf zwischen den beiden gewesen sein, ehe er sie überwältigte und auf das Kanapee warf. Aber trotzdem sah sie ganz friedlich aus, wie sie so dalag. Das vergesse ich nie. Es hat ausgesehen, als sei mit dem Tod die Erlösung eingekehrt, dabei muss das Sterben für sie doch so grausam gewesen sein.

Der Weinzierl und ich, wir sind beide wortlos vor dem Leichnam gestanden. Hier heraußen werden die Leute nicht umgebracht, nicht von Fremden und schon gar nicht vom eigenen Vater. Wenn man stirbt, stirbt man im eigenen Bett, durch Krankheit, Kindbett, Schwindsucht oder durch das Alter, weil es einfach an der Zeit ist zu gehen. Ganz selten kommt einer durch einen Unfall bei der Arbeit um. Im Wald oder auf dem Feld. Alles, was wir hier in dieser Gegend zu sehen bekommen, sind Wirtshausschlägereien oder dass sich die Burschen bei der Kirchweih um ein Mädel streiten und sich gegenseitig die Maßkrüge an den Kopf werfen. Aber die haben immer einen riesen Rausch, können sich kaum mehr auf den Beinen halten. Es ist schon sehr verwunderlich, wie die sich in einem solchen Zustand gegenseitig mit den Krügen attackieren können, ohne dabei selbst das Gleichgewicht zu verlieren. Danach gibt es dann immer ein großes Geplärre, und alle sind aufgeregt, schreien durcheinander, beschuldigen sich gegenseitig, den Streit angefangen zu haben, manche fangen auch an zu weinen wie die kleinen Kinder.

Aber da? Der alte Zauner saß auf dem Stuhl und rührte sich nicht, kein Weinen, kein Klagen. Für mich stand fest, wäre ich an seiner Stelle und meine Tochter würde im eigenen Blut daliegen, es würde mir das Herz zerreißen, ich würde wahnsinnig vor Kummer und Schmerz im Zimmer umherlaufen, hadern mit Gott, der dieses Unglück über mich gebracht hat. Lamentieren über die Welt, die so schlecht geworden ist und nicht verhindert hat, dass mir das Liebste genommen worden ist. Aber der Alte saß nur da, als ginge es ihn nichts an.

Den kleinen Jungen sahen wir erst später. Der lag wimmernd unter einer Decke neben dem Kanapee.

Ich habe gewusst, der Afra, der war nicht mehr zu helfen. Wie wir aber unter dem Wollhadern das Kind gefunden haben und es noch geschnauft hat, da habe ich gehofft, wenn ich es sofort zum Arzt bringe, dann ist der kleine Wurm noch zu retten. Ich hab darum keine Zeit verloren und ihn in einen Korb gelegt. So schnell ich konnte, bin ich damit zum Dr. Heunisch geradelt.

Dem Weinzierl habe ich gesagt, er soll auf den Delinquenten aufpassen und ihn ja keinen Augenblick aus den Augen lassen, bis ich mit dem Arzt und der Mordkommission zurück bin.

Wenn einer erschlagen wird, dann ist das nicht mehr Sache von einem kleinen Dorfpolizisten, da gehören die Spezialisten ran.

Ich habe die Kollegen von der Kriminalpolizei

verständigt und bin gegen drei am Nachmittag mit der Mordkommission wieder am Tatort draußen gewesen, und um vier ist die Gerichtskommission mit dem Staatsanwalt eingetroffen.

Das Kind ist dann später im Hospital verstorben.

## *Johann*

Er wusste nicht, wie lange er nun schon in diesem Raum saß. Sie hatten ihn mitgenommen und hierhergebracht. Als sie vom Haus weggefahren waren, hatte er sich umgedreht und aus dem kleinen Rückfenster des Wagens gesehen. Die Wäsche hing immer noch an der Leine wie eine weiße undurchdringliche Wand. Der Wind hatte nachgelassen, das Gewitter war ausgeblieben.

Es musste inzwischen schon später Nachmittag sein, er hatte jedes Gefühl für Zeit verloren. Die Luft im Zimmer war stickig, das Fenster trotz der Hitze geschlossen und von außen vergittert. Soweit er erkennen konnte, führte es hinaus in einen kleinen Innenhof. Kein Grün war zu sehen, kein Sonnenstrahl, der Blick war begrenzt durch die Mauer auf der anderen Seite des Hofes. Sie war graubraun, an manchen Stellen blätterte der Putz ab, und die Ziegel kamen darunter zum Vorschein. Im Raum stand ein kleiner quadratischer Tisch, zwei Stühle, sonst nichts. Die Polizisten hatten ihm gesagt, dass er hier warten müsste, und so harrte er geduldig aus, immer noch nur mit seinem Unterhemd bekleidet und der Arbeitshose.

Die Tür öffnete sich, und ein Mann kam ins Zimmer, der viel größer und kräftiger als er selbst war, ihm war das unheimlich. Es schien ihm, als füllte der Fremde den ganzen Raum aus, jeden Winkel. Er setzte sich ihm gegenüber auf den Stuhl und sprach ruhig auf Johann Zauner ein. Er stellte sich kurz vor, aber der alte Mann konnte sich den Namen nicht merken. Dann fragte er Johann nach seinem vollen Namen, nach seiner Anschrift, dem Namen seiner Frau, seiner Tochter. Dabei sprach er so leise, dass Johann Schwierigkeiten hatte, den Sätzen zu folgen. Der Fremde versuchte dem Klang seiner Stimme etwas Vertrauliches zu geben, ganz so, als würden sie sich seit Jahren kennen. Johann Zauner misstraute dieser Vertrautheit, er war ihr oft genug begegnet, um zu wissen, dass sie nichts Gutes bedeutete. Sein Gegenüber bemerkte den Argwohn des alten Mannes.

Johann dachte daran, wie er an diesem Tag vom Mähen nach Hause gekommen war, an die Wäsche, die sich im Wind blähte. Große blütenweiße Laken. Die Tür war offen, und auf dem Hof war keiner zu sehen. Der Morgen war drückend schwül gewesen, ein Gewitter lag in der Luft. Er hatte sich beeilt, mit dem Mähen noch vor dem Regen fertig zu werden. Auf dem Weg vom Bahndamm zum Haus waren dunkle Wolken am Himmel aufgezogen. Er schwitzte, er hatte die Ärmel seines Hemds aufgekrempelt. Er ging in den Schupfen, hängte die Sense an ihren Platz, und danach ging er hinüber zum Haus. Neben der Tür stand der emaillierte Eimer mit der Schöpfkelle. Er wischte sich den Schweiß mit dem Taschentuch vom Gesicht, nahm den Schöpfer voll Wasser und trank gierig daraus. Erst dann ging er hinein.

Ein lauter Schlag. Der Fremde stieß den Stuhl zur Seite und beugte sich nach vorn. Mit den zu Fäusten geballten Händen stützte er sich auf der Tischplatte ab. Er neigte sich mit dem Oberkörper, so weit er konnte, darüber, kam ganz nah an Zauner heran. Dieser konnte den Atem des Mannes spüren, seinen Schweiß riechen. Die Stimme wurde lauter, bis der Mann schließlich zu schreien anfing, er wollte die ganze Wahrheit, wollte alles wissen. Johann Zauner wusste nicht, was er antworten sollte. Alles, was er sagen konnte, war, dass die Afra tot war, und Albert hatten sie weggebracht. So blieb er stumm, senkte den Blick und schaute hinab zu seinen im Schoß gefalteten Händen. Sie waren schwielig und rissig. Die Finger krumm, die Gelenke knotig von der schweren Arbeit, die er sein Lebtag hatte verrichten müssen. An manchen Tagen schmerzten sie so sehr, dass er sie kaum benutzen konnte. Der andere brüllte ihn an, was er getan habe. Was sollte er antworten?

Am frühen Morgen, noch vor Sonnenaufgang, war er aufgestanden. Er hatte sein Morgengebet gesprochen und war danach wie immer hinüber in die Küche gegangen. Die Morgensuppe stand schon auf dem Tisch. Er setzte sich an seinen Platz gegenüber dem Kruzifix an der Wand, dankte Gott und aß. Dann war er hinaus in den Schupfen gegangen, hatte den Schleifstein eingesteckt und die Sense mitgenommen und war auf dem Bahndamm zum Mähen. Die kleine Wiese gehörte ihm, gerade groß genug, um die beiden Ziegen und die Kuh durchfüttern zu können. Das Geld war schon immer knapp gewesen und die Not ein nur zu oft gesehener Gast, doch seit mit Afra und dem Kind zwei weitere Mäuler zu stopfen waren, war alles noch viel geringer bemessen. Aber sie würden schon durchkommen, auch wenn Gott der Herr sie schwer geprüft hatte. All das hätte er ihm antworten können, jedoch sagte er nur: »Aufgestanden bin ich und zum Mähen auf die Wiese.«

Ob es keinen Streit gegeben habe an diesem Morgen?

Johann Zauner konnte sich an keinen Streit erinnern, nur an das Kind, das schwer schnaufend am Boden gelegen hatte. Er hatte sich hingekniet und es aufgehoben und an sich gedrückt. Dann war er hinausgelaufen, um Hilfe zu holen. Schwer war es ihm im Arm gelegen, und seine Hände waren steif und schmerzten.

»Haben Sie mit Ihrer Tochter gestritten?«

Sein Gegenüber wiederholte die Frage.

Johann sagte leise, ohne darauf einzugehen: »Die Hände tun so weh.«

»Warum schmerzen die Hände? Tun sie weh, weil Sie immer wieder mit der Hacke auf die Tochter und den Enkel eingeschlagen haben? Haben Sie darum Schmerzen?«, wollte der Fremde wissen und weiter: »Sagen Sie mir, schmerzen die Hände, weil Sie zugeschlagen haben? Mit Ihrer Hacke?«

»Die Hacke lag da. Ich hab sie weggestoßen.«

»Wen haben sie weggestoßen? Die Hacke, Ihre Tochter?«

»Sie lag da, die Hacke lag da.«

»Wo lag die Hacke?«

Der alte Mann sagte nichts.

»Was war mit Afra?«

»Da kann man gar nichts sagen, sie ist einfach dagelegen.«

»Und das Kind, was war mit dem Kind?«

»Das Kind hat schwer geschnauft.«

»Der Bankert, der hat Sie doch gestört? Den haben Sie doch nicht haben wollen?«

»Er hat so schwer geschnauft.«

»Das Kind war Ihnen doch immer im Weg?«

»Er war immer im Weg. Immer zwischen den Beinen. War immer da.«

Und er sprach leise weiter: »Es war nicht richtig von der Afra. Das Kind war nicht richtig. Aber was hätte ich tun können?«

»Da haben Sie den Bankert mit der Hacke erschlagen, und die Tochter auch?«

»Erschlagen, ja, die Afra ist tot. Alles war voll Blut.«

»Was war mit dem Kind?«

»Das Kind war voll Blut.«

»Zeigen Sie mir Ihre Arme.«

Der alte Mann streckte die Arme vor sich aus.

»Warum sind die Unterarme so zerschunden?«

»Das kommt von der Arbeit, das kommt und geht.«

Er ließ die Arme wieder sinken.

»Wie kann das von der Arbeit kommen? Ist es nicht eher so, dass Sie mit jemandem gerauft haben? Dass Sie mit Ihrer Tochter gerauft haben? Jetzt sagen Sie doch endlich, warum haben Sie das gemacht? Was war nicht richtig von der Afra?«

»Da kann man gar nichts sagen, sie ist einfach dagelegen.«

Der alte Mann saß da, sagte von nun an nichts mehr. Er dachte nur an Afra, wie sie im Sommer 44 wieder vor der Haustür gestanden war. Da hatte er sie aufgenommen. Er hatte nichts gefragt, sie einfach nur hereingelassen. Und wie sie dann später erzählte, dass sie schwanger war, da fragte er auch nichts, aber er wusste, dass sie schwere Schuld auf sich geladen hatte, vor Gott. Erst später hatte er die ganze Wahrheit erfahren.

Er blickte auf seine Hände, und was ihn der Fremde auch fragte, er sagte nichts.

Als dieser ihm ein Blatt Papier hinlegte und ihn aufforderte, es zu unterschreiben, tat er das. Dann legte er den Stift zur Seite, sah den Mann an und fragte mit fester Stimme: »Kann ich jetzt gehen?«

»Noch nicht.«

## *Oberpfälzer Tagblatt*

*Samstag, den 26. Juli 1947*

*Lokales*

Doppelmord in Finsterau. In den Vormittagsstunden des 22. Juli wurde die Landpolizei Einhausen benachrichtigt, dass in dem Anwesen Finsterau 1031/2 zwei Personen erschlagen worden seien. Die Polizei verständigte sofort die Staatsanwaltschaft und rief die Mordkommission herbei. Um 16 Uhr begab sich eine Gerichtskommission unter Leitung des Staatsanwaltes Dr. Augustin an den Tatort und stellte fest, dass die 24-jährige ledige Afra Zauner und ihr etwa zwei Jahre altes uneheliches Kind Albert durch Beilhiebe auf den Kopf getötet worden sind. Afra Zauner war sofort tot, das Kind erlag zehn Stunden später im Krankenhaus seinen schweren Verletzungen. In dem Verdacht der Täterschaft steht der 59-jährige ehemalige Streckenarbeiter Johann Zauner, der Vater bzw. Großvater der Erschlagenen, der verhaftet wurde. Er hat inzwischen die Untat eingestanden. Die am Dienstag im Beisein des Untersuchungsrichters beim Landgericht durchgeführte Sektion der Leichen ergab einwandfrei als Todesursache Zertrümmerung der Schädeldecken in beiden Fällen.

## *Afra*

Afra nimmt den Korb, legt die Hacke hinein. Sie streift mit der Hand die Wäsche zur Seite und schlüpft hindurch. Sie hört das Kind weinen, schnell geht sie auf das Haus zu, um nach dem Kleinen zu sehen. Den Korb stellt sie auf die Bank neben der Tür. Im Fletz kommt ihr Albert schon entgegen, das Gesicht nass und verschmiert von Tränen und Rotz, der ihm aus der Nase gelaufen ist. Sie nimmt das Kind auf den Arm und trägt es in die Küche. Dort stellt sie Albert auf den Küchentisch, greift in die Tasche ihres Kittels und wischt ihm mit dem Taschentuch das Gesicht ab.

»Brauchst keine Angst haben, Albert, ich bin doch da. Ich war nur kurz draußen vor dem Haus Wäsche aufhängen. Ich lass dich doch nicht alleine.« Sie spricht tröstend auf ihn ein und drückt ihn ganz fest an sich. Sie spürt, wie der kleine Körper unter den Tränen zittert.

»Stutzerl, ich bin doch da. Die Mama ist da, hörst du? Hast einen schlechten Traum gehabt?«

Langsam wird das Kind in ihren Armen ruhiger.

Afra hört ein Klopfen an der Küchentür, gleich

darauf wird die Tür geöffnet und der Besucher kommt herein. Sie lässt das Kind los und dreht sich um.

»Was willst denn du schon wieder?«, blafft Afra den Besucher an. Albert steht noch immer auf dem Tisch, sie spürt, wie er sich mit beiden Händen an ihren Arm klammert.

»Die Haustür war offen, da bin ich herein. Ich habe mir gedacht, ich werde willkommen sein«, gibt er ihr zur Antwort.

»Der Vater ist nicht da, wenn du ihn brauchst.«

»Ich weiß, dass er nicht da ist, ich hab gesehen, wie er zum Mähen auf die Wiesen am Bahndamm raus ist.«

»Was willst dann hier, Hetsch?«

Afra kann ihn nicht leiden; solange sie sich zurückerinnern kann, hat sie sich in seiner Gegenwart unwohl gefühlt. Sie kann nicht sagen, weshalb, er hat ihr nie einen Anlass dazu gegeben, zumindest keinen, mit dem sie ihre Abneigung begründen könnte, aber sie hat dieses beklemmende Gefühl der Angst, wenn er mit ihr im gleichen Raum ist. Es ist da, liegt in der Luft, sie wird es nicht los, und er scheint es auch zu spüren. Jeder andere würde sich zurückziehen, ihm gefällt es, ihn spornt es an. Seit einem Jahr macht er ihr auf seine Art den Hof, taucht zu jeder Gelegenheit auf, passt sie ab, wenn er glaubt, sie allein vorzufinden.

»Ich will nix, und ich brauch nix. Ich wollt einfach so nach dem Rechten schauen und geh auch gleich wieder, wenn du in Eile bist«, sagt er mit der für ihn typischen geheuchelten Freundlichkeit und verzieht sein Gesicht zu einem Lächeln, dabei macht er jedoch keinerlei Anstalten zu gehen. Er setzt sich vielmehr auf die Küchenbank und grinst Afra an.

»Das siehst ja, dass ich keine Zeit hab. Blind bist ja nicht, nur hatschert.«

Sie nimmt das Kind in den Arm und hebt es herunter vom Küchentisch. Vorsichtig stellt sie es vor sich auf den Boden.

»Hast Angst vor mir, Afra, oder warum stellst dein Kind so vor dich hin, als ob es dich schützen soll?«

»Ich hab keine Angst, vor niemand, und vor einem Krüppel wie dir erst recht nicht.«

Und doch hält sie das Kind mit beiden Händen fest.

»Weißt, Afra, dass ich nicht nach deinem Geschmack bin, das habe ich schon lange gemerkt.«

»Du gneißt aber auch alles.«

Afra lässt Albert los.

»Willst halt keinen nehmen, der einen Buckel hat. Kurzer Fuß und Rückenfehler! Aber alles im Leben hat zwei Seiten, mich haben sie nicht haben wollen unterm Adolf, und genau darum hab ich überlebt, was man nicht von einem jeden aus meinem Jahrgang sagen kann.«

Afra möchte vom Tisch weggehen, hinüber zum Büfett, da greift er nach ihrem Handgelenk und zieht sie ganz nah an sich heran, so nah, dass sie seinen Atem auf ihrem Gesicht spüren kann.

»So eine Krankheit hat ihr Gutes und ihr Schlechtes. Und bei dem, worauf es ankommt, da bin ich so gut wie jeder andere auch, und wie ein Franzos' allemal. Auf den brauchst nicht warten, der lässt sich hier bestimmt nicht blicken.«

»Lass mich los!«

Sie windet sich, befreit sich aus seinem Griff.

»Ich muss das Kind verrichten und dann noch eine Brotzeit für den Vater machen. Ich hab jetzt keine Zeit mehr.«

»Warum hast du es denn so eilig? Bis dein Vater vom Mähen kommt, das dauert noch seine Zeit, der Schnellste ist er ja nicht mehr. Da kannst du mir ruhig ein Haferl Kaffee anbieten. Ich würde nicht Nein sagen.«

Hetsch hat sich auf der Bank zurückgelehnt.

»Wenn du einen Kaffee haben willst, dann geh nach Hause und mach dir selber einen«, gibt ihm Afra zur Antwort. Sie wendet sich ab, will hinüber zum Büfett gehen, doch auch dieses Mal ist er flinker, als sie es erwartet hat, und er bekommt sie erneut am Arm zu fassen. Nur zieht er sich jetzt an ihr hoch, und so stehen sie sich gegenüber. Er hält ihre beiden Arme fest an ihren Körper gedrückt, Afra kann sich kaum bewegen.

»Mit mir würdest du nicht den schlechtesten Fang machen. Ich brauch eine Frau, die hinlangen kann und kein Geld vertut. Und mir macht es nichts aus, dass du Haare auf den Zähnen hast, ich mag hantige Weiber. Ich bin ganz scharf drauf.«

Er schlingt seine Arme um sie und drückt sie fest an sich.

Afra will sich loszumachen, stemmt sich mit aller Kraft dagegen, doch sie kann sich aus seinem Griff nicht befreien.

»Ich hab dir gerade schon gesagt, dass du mich in Ruhe lassen sollst.«

Er versucht sie zu küssen, sie dreht den Kopf zur Seite.

Seinen Mund nah an ihrem Ohr, ganz leise, kaum hörbar sagt er: »So eine wilde Katz, wie du eine bist, die braucht schon einen, der sie gescheit durchlassen kann. Und das kann ich, da brauchst keine Angst haben. Einen anderen als mich wirst du kaum kriegen.«

Dann lässt er sie los.

Albert hat wieder angefangen zu weinen und läuft zu seiner Mutter, klammert sich an ihren Schurz, doch sie rührt sich nicht von der Stelle. »Was soll das heißen?«

Hetsch steht da, grinst sie an. »Na, was werde ich schon meinen? Dass du froh sein kannst, wenn ich dich nehme, sonst will dich doch keiner mit deinem Franzosenschratzen. Wer weiß, wie viele da noch drübergerutscht sind. Bei einem Schankmensch weiß man ja nie.«

Diesmal ist es Afra, die auf ihn zutritt und ganz nah vor ihm stehen bleibt.

»Jetzt schaust, dass du rauskommst, schleich dich.«

In diesem Moment hören beide einen lauten Schlag. Geistesgegenwärtig sagt Afra: »Das ist die Mutter, die ist oben in der Kammer unterm Spitzboden. Die hört, wenn ich nach ihr rufe, also schleich dich jetzt!«

Sie versucht, sich ihre Angst und die Lüge nicht anmerken zu lassen.

Er will etwas zu ihr sagen, fixiert sie kurz und geht ohne ein Wort in Richtung Tür. Dann dreht er sich noch einmal zu ihr um.

»Weißt, Afra, am Ende bekomme ich dich doch. Dir bleibt gar nichts anderes übrig. So arme Schlucker wie ihr, Hungerleider, und dein Vater wird auch immer wunderlicher. Du kannst mich jetzt rauswerfen, aber eines sag ich dir, ich komm wieder. Und dann werde ich es dir schon zeigen, was ein richtiger Mann ist. Dankbar wirst sein, wenn ich wiederkomme.«

Afra steht da, reibt ihre Unterarme. Sie zittert am ganzen Leib.

»Nicht ums Sterben, Hetsch, nicht ums Sterben!«

»Das werden wir schon sehen, so leicht wirst mich nicht los. Ich krieg immer, was ich will.«

Mit diesen Worten geht er hinaus.

Afra bleibt noch für kurze Zeit in der Küche stehen, sie wartet, um sicher zu sein, dass er aus dem Haus ist, dann erst geht sie hinüber in die Kammer, um nach der Ursache des Lärms zu suchen. In der Kammer steht das Fenster weit offen. Der Wind muss es aufgedrückt haben, und der Rahmen hat dabei laut krachend gegen den Schrank geschlagen. Die kleine irdene Vase, die an der äußersten Ecke des Fensterbretts gestanden ist, liegt am Boden, zersprungen in lauter Scherben. Afra geht hinüber zum Fenster, verriegelt es. Albert ist ihr nachgelaufen. Neugierig sammelt er die Splitter auf.

»Nicht, Albert, du tust dir weh. Das mach ich hernach.«

Sie nimmt ihn bei der Hand und geht hinaus vor das Haus. Niemand ist zu sehen. Sie ist immer noch aufgelöst und zittert am ganzen Leib. Sie atmet tief durch, versucht, sich auf die Arbeiten zu konzentrieren, die sie als Nächstes erledigen muss. Sie nimmt den Korb von der Bank und geht zurück in die Küche. Es ist an der Zeit, die Vesper für den Vater herzurichten. Albert krabbelt auf dem Küchenboden herum, spielt mit einem Stück Holz und plappert dabei vor sich hin, als wäre nichts geschehen. Sie beugt sich zu ihm hinunter, nimmt ihm das Holz weg und drückt ihm dafür einen Kanten altes Brot in die Hand.

»Da hast ein Scherzl, sonst ziehst du dir am End noch einen Spreißl ein.«

Sie streicht ihm über den Kopf und küsst ihn auf die Stirn.

»Du kommst aber auch über alles, dich kann man nicht aus den Augen lassen.«

Schwerfällig und müde richtet sie sich auf und geht hinaus in die Speis. Draußen sind dunkle Wolken aufgezogen, Afra sieht durch das Fenster auf die an der Leine hängenden Wäschestücke. Sie wird die Wäsche vor dem Sturm abnehmen müssen. Im gleichen Augenblick drückt eine Böe das Fenster in der Speis einen Spalt auf.

## *Theres*

Auch wenn sie später an den Tag dachte, war es sofort wieder da, jenes ungute Gefühl, das sie beschlich, als sie an dem Morgen mit dem Fahrrad losfuhr, um ihre Besorgungen zu erledigen. Eigentlich hatte sie gar keinen Grund, unruhig zu sein. Afra war gerade dabei gewesen, die Wäsche am Grand auszuwringen, und der Kleine hatte noch friedlich in seinem Bett gelegen und geschlafen. Johann war hinaus auf die Wiese beim Bahndamm zum Mähen. Theres wollte sich beeilen, möglichst bald nach Hause zu kommen, damit Afra und der Vater nicht wieder zu streiten anfingen. In den letzten Wochen war kein Tag vergangen, an dem die beiden nicht aneinandergerieten. Mal war es das Kind, das zu laut war, zu verzogen. Dann war es Afra, die sich weigerte, in die Kirche zu gehen. Von Monat zu Monat wurden die Auseinandersetzungen zwischen Vater und Tochter schlimmer.

Aber dann war sie aufgehalten worden, ihre letzte Kundschaft, die Müllerin, hatte sich nicht entscheiden können, und so war sie schließlich viel zu spät von Einhausen weggefahren. Schon von Weitem sah sie die Wäsche immer noch an der Leine im Hof hängen, und da wusste sie, dass sie mit ihrer Vorahnung recht behalten hatte.

Der Polizist, der aus dem Haus heraus auf sie zuging, musste ihr nichts mehr erklären. Sie wusste, ein Unglück war geschehen, nur dass ihr der Herrgott alle genommen hatte, war ihr in diesem Moment nicht klar geworden. Sie hatte sich auf die Bank gesetzt und gewartet. Zuerst kam der Doktor und später die Polizisten aus der Stadt. Irgendwann war auch der Herr Pfarrer da, und sie hatten sie hinüberbegleitet zum Pfarrhof. Wenn sie jetzt daran dachte, war alles so verschwommen, so unwirklich. Im Pfarrhof ist sie die ersten Tage geblieben, bis es ihr wieder besser ging und sie nach Hause konnte.

Als sie zum ersten Mal nach seiner Verhaftung mit Johann sprach, schwor er ihr, dass er es nicht gewesen war, und sie glaubte ihm.

In den Wochen danach fingen die Gerüchte an, der Johann hätte die Afra umgebracht, weil er gedacht hätte, sie wäre vom Teufel besessen. Oder der Franzose, der Vater von dem Kind, sei aufgetaucht, und weil die Afra ihm das Kind nicht mitgeben wollte, da hätte er sie beide erschlagen. Jeden Tag, so erschien es ihr, tauchte ein neues Gerücht auf. Sie wusste weder ein noch aus, und als sie sich schließlich gar nicht mehr zu helfen wusste, ging sie zur Polizei. Sagte, dass es der Johann nicht gewesen sein konnte, weil er es ihr doch geschworen hatte bei allem, was ihm heilig war. Die Beamten waren freundlich, aber bestimmt. Sie erklärten Theres, sie werde sich damit abfinden müssen, so schwer es auch für sie selbst sei, aber Tochter und Enkel seien beide von ihrem Mann erschlagen worden, und der habe die Tat auch schon dem Herrn Kriminalrat mehrfach eingestanden. Wenn er ihr gegenüber leugnete, so doch nur, weil er die Scham nicht ganz verloren habe und es nicht übers Herz bringe, ihr die Wahrheit zu sagen.

Damals ging Theres nach Hause, legte sich ins Bett, und nachdem sie die ganze Nacht geweint hatte, fing sie an, ihr Leben neu zu ordnen. Es war nicht das erste Mal. Sie hatte sich mit Afra allein zurechtfinden müssen, nachdem Johann abgeholt und in Schutzhaft gebracht worden war. Sie hatte gelernt, damit zu leben, als er nach seiner Entlassung fast jede Nacht im Schlaf schrie. Wenn sie es damals nicht mehr hatte aushalten können, dann war sie in der Nacht aufgestanden und hinüber in die Küche gelaufen. Dort hatte sie sich auf die Bank neben dem Kruzifix gesetzt und hinaus ins Dunkel geschaut. So lange, bis sie schließlich so müde geworden war, dass sie die Augen nicht mehr offen halten konnte. Manchmal hatte sie noch die Kraft und ging zurück ins Bett, meist aber schlief sie am Küchentisch ein.

Als Albert geboren wurde und Johann mit der Schande nicht leben wollte, war sie es gewesen, die die Familie zusammengehalten hatte. Er hatte immer seinen Herrgott, wollte alle immer auf den rechten Weg zwingen, und da sollte er die beiden umgebracht haben? Er war störrisch geworden in den letzten Monaten und eigen. Für das Kind hatte er keine Geduld, und an der Afra sah er nur das Schlechte, aber doch fiel es ihr schwer, zu glauben, was man ihr sagte.

Jeden Morgen stand sie auf, brachte das Haus in Ordnung, ging zum Friedhof, legte Blumen auf das Grab, und am Sonntag ging sie zur Messe. Einmal im Monat nahm sie die weite Reise auf sich und besuchte Johann im Gefängnis.

Und jedem, der sie fragte, sagte sie ins Gesicht, dass er es nicht gewesen sein konnte, denn er hatte es ihr bei Gott und allem, was ihm heilig war, geschworen, und sie glaubte ihm.

## *Arzt*

Als der Arzt mit seinem Auto vorfuhr, saß die alte Frau zusammengekauert auf der Bank neben dem Haus. Der Polizist, der bei ihrem Mann zurückgeblieben war, hatte ihr gesagt, sie könnte nicht hinein, ehe sein Kollege mit der Mordkommission zurückgekommen wäre. Der Arzt sprach ihr gut zu, fühlte ihren Puls und gab ihr eine Spritze, dann sagte er ihr, sie sollte hier warten, er würde nach den Nachbarn schicken lassen, damit die sich um sie kümmerten. Ins Haus könnte sie eh nicht, solange die Untersuchung der Gerichtskommission nicht abgeschlossen wäre, und für sie selbst wäre es im Augenblick auch das Beste. Sie sollte schauen, bei Verwandten oder Bekannten unterzukommen, zumindest bis sich alles geklärt hätte. Sie saß da, sah ihn an und nickte.

Danach ging er in die Küche. Der Gendarm und Johann Zauner saßen beide am Tisch. Der Beamte sprang bei seinem Eintreten vom Stuhl hoch und begrüßte den Arzt, der alte Mann blieb sitzen, rührte sich nicht von der Stelle.

Das Nächste, was ihm auffiel, waren die Reste

der Vesper, die noch auf dem Tisch lagen. Das halb volle Glas Wasser, das angebissene Stück Brot, etwas Rauchfleisch und Käse. Das Messer lag neben dem Teller. Später würde er dies bei seiner Aussage vor der Staatsanwaltschaft extra zu Protokoll bringen. Er würde sagen:

»Johann Zauner hat neben den am Boden liegenden Leichen gesessen, ohne jede Regung. Er hat Brotzeit gemacht in diesem Chaos, hat sich den Appetit nicht verderben lassen angesichts seines in dem eigenen Blute liegenden, sterbenden Enkels. Er hat sich nicht im Geringsten darum geschert. Auch nicht um die mit zertrümmertem Schädel auf dem Sofa liegende Tochter.«

Er würde weiter aussagen: »Johann Zauner ist, obgleich gläubiger Katholik und Mitglied des Dritten Ordens, ein kalter, emotionsloser Mensch, denn wie sonst könnte er neben den Leichen sitzen und essen.«

Der Arzt war kaum da, und schon hielten auch die Wagen der Mordkommission vor dem Haus. Einer der Beamten befahl dem alten Mann, sich anzuziehen, damit er sie ins Kommissariat begleiten könnte. Als der aber keine Anstalten machte, nahmen sie ihn mit, wie er war. Sie führten ihn zum Auto, das vor dem Haus stand.

*Aus der Aussage des ehemaligen Polizeianwärters Josef Weinzierl, 18 Jahre nach den Ereignissen*

Ich war seinerzeit bei der Polizei, habe aber schnell gemerkt, dass das nichts für mich ist. Wie dann der Vater überraschend an einer Blutvergiftung gestorben ist und mein älterer Bruder nicht aus der Gefangenschaft in Russland nach Hause kam, da habe ich alles hingeschmissen und die Metzgerei von meinem Vater übernommen.

Ich war dabei, wie die Tochter von dem Häusler, dem Zauner, und der Enkel gefunden wurden.

Und ich war es auch, der eine ganze Weile alleine mit dem Alten da draußen war.

Freilich habe ich mir die Leiche der jungen Frau näher angeschaut, wie der Irgang weg war. Ich war damals jung, und neugierig war ich auch. Wie man halt so ist in dem Alter. Ich habe keine Angst gehabt, und gegraust hat es mich auch nicht. Ist einer tot, dann ist der tot. Der kann einem nichts mehr tun.

Ich muss schon sagen, sie war ein sauberes Frauenzimmer, die Afra. Ein schönes Gesicht und dichte dunkle Haare hat sie gehabt, eine Rassige einfach. Die hat die Burschen ganz närrisch gemacht. Dass das dem bigotten Alten nicht gepasst hat, das kannst glauben. Dem hat ein Bankert gereicht. Wie sie so dagelegen ist, hat man fast meinen können, dass sie schlafen würde. Nur auf die Hände hat man nicht schauen dürfen, die waren ganz zerschunden. Sie muss sich mit aller Kraft gewehrt haben. Die Fingernägel waren blutig und zum Teil auch abgebrochen, und zwischen Zeigefinger und Daumen der linken Hand hatte sie eine tiefe Schnittwunde.

Und in der Küche hat es ausgesehen! Überall lagen Scherben auf dem Boden. Eine kleine Hacke lag halb unter dem Kanapee, als hätte einer versucht, sie mit dem Fuß da drunterzustoßen.

Ich hab dem Zauner gesagt, er soll auf seinem Stuhl sitzen bleiben. Aber das war überflüssig, der ist eh die ganze Zeit still dagesessen. Hat nur vor sich hin gestiert. Zwei, drei Mal hat er was gesagt, es war wie »Da kann man nichts mehr machen« und »Alles in einem Aufwasch«. Was er damit gemeint hat, weiß ich nicht, denn wie ich nachgefragt habe, hat er nichts geantwortet.

Ich habe mich, nachdem ich mich ein bisschen umgeschaut hatte, dann auch hingesetzt, und wir haben beide gewartet.

Auf dem Tisch ist ein Krug mit Wasser gestanden und zwei Gläser. Ein Teller und ein Brotmesser sind auch dagelegen.

Wenn ich warten muss, vergeht mir die Zeit so langsam, und dann werde ich immer hungrig. Das war bei mir schon als kleines Kind so, ich komm in den Unterzucker, und dann bekomme ich Kopfweh und kann nicht mehr richtig denken. Darum habe ich immer was zum Essen dabei. Aber das war draußen beim Fahrrad. Ich hab gewusst, dass ich den Alten eigentlich nicht aus den Augen lassen darf – aber der Hunger. Ich hab es nicht mehr ausgehalten. Zum Zauner hab ich gesagt, er soll ruhig sitzen bleiben, und bin schnell raus und hab die Tasche mit der Brotzeit vom Fahrrad geholt. Ich war ganz schnell, das hat keine drei Minuten gedauert.

Wie ich wieder hereingekommen bin, war der Zauner weg. Ich hab mir noch gedacht, jetzt hast den Dreck im Schachterl, jetzt haut dir gleich beim ersten Mord der Täter ab.

Ich hab auf dem Absatz kehrtgemacht und bin hinaus auf den Fletz, und da hab ich gesehen, dass die Tür zur Kammer offen war. Da war er. Ich bin auf Zehenspitzen hinüber. Ganz leise. Damit er nicht merkt, dass ich ihn beobachte, der Alte ist neben dem Bett vor dem Nachtkästchen gekniet und hat herumgegruscht. Ich hab mich ein bisserl von der Seite angeschlichen, und da hab ich sehen können, dass er einen Geldbeutel in der Hand gehalten hat. Auf dem Boden lag eine Schachtel mit Briefen. Es hat ausgesehen, als ob er alles verteilen oder extra hinlegen würde. Zuerst habe ich gestutzt, doch dann ist es mir wie Schuppen von den Augen gefallen, »der Hund, der legt eine falsche Spur«, hab ich zu mir selbst gesagt, »der versucht, einen Raubmord vorzutäuschen«.

Da bin ich aber wutig geworden. Ich habe ihn angebrüllt, dass er sich schleunigst wieder hinsetzen soll.

»Schau bloß, dass du dich wieder auf deinen Platz zurück schleichst«, habe ich ihn angeschrien, und er ist zusammengezuckt und ist auch gleich widerspruchslos hinüber in die Küche. Dort ist er dann auf seinem Stuhl hocken geblieben, der hat sich nichts mehr getraut.

Das Geld und die Papiere habe ich sichergestellt und den Kollegen von der Kripo gegeben.

Ich hab mich auch wieder zu ihm an den Küchentisch gesetzt und meine Brotzeit ausgepackt. Zweimal hab ich abbeißen können, dann ist schon der Dr. Heunisch gekommen. Da war nichts mehr mit Weiteressen, wie hätte das ausgeschaut? Und dann ist alles ganz schnell gegangen, Schlag auf Schlag. Kaum war der Doktor da, sind auch schon die von der Kripo vorgefahren.

Schon damals habe ich gewusst, dass ich bei der

Polizei nicht alt werde, und ein paar Monate später, noch ehe der ganze Fall vor Gericht gekommen ist, da hatte ich schon alles hingeworfen. Mich hat nie einer nach der Brotzeit gefragt. Warum auch?

Ach, eines hätte ich noch fast vergessen. Wie ich draußen bei meinem Fahrrad war, da ist die Frau von dem Zauner gekommen. Ich hab ihr gleich ganz streng gesagt, dass sie nicht ins Haus hineindarf und dass sie sich einstweilen draußen hinsetzen soll. Es würde nicht lange dauern, was ja auch gestimmt hat. Dass die Tochter tot war und der Enkel auch, das müssen ihr dann die Kollegen von der Kripo erzählt haben. Von mir hatte sie es nicht, nicht dass ich mich erinnern könnte.

## *Johann*

Afra war fortgegangen, und dann war sie wieder nach Hause zurückgekommen. Es war gegen Ende des Krieges, er hatte nicht gefragt, was sie nach Hause zurückgebracht hatte. Und als sie ihnen von dem Kind erzählte, das sie bekommen würde, war er anfangs auch stumm geblieben. Auch wenn er es nicht richtig gefunden hatte, dass sie keinen Vater dafür hatte. Doch mit den Monaten nahm seine Wut darüber immer mehr zu, und er machte seinem Ärger Luft. Er schimpfte und tobte. Aber all der Streit nützte nichts. Mit der Zeit glaubte er, Afra und Theres würden sich hinter seinem Rücken verschwören. Sie würden ihn auslachen, Sachen verstecken, damit er sie nicht fand, nur um ihn zur Weißglut zu bringen.

Es stimmte einfach nicht, er konnte sich an alles erinnern. An alle Geschichten von früher. Nur manchmal fiel ihm etwas nicht ein, und auch nur dann, wenn er sich unbedingt daran erinnern wollte, aber das war normal ab einem bestimmten Alter. Ärgerlich oder wütend wurde er nur, wenn es ihm nicht sofort in den Sinn kam und Afra und Theres ihn deshalb für wunderlich hielten.

Er setzte sich auf die Pritsche und wartete, und mit einem Mal war er sich sicher, auch diesmal würden sie ihn nach acht Wochen gehen lassen.

»Und ob ich schon wanderte im finstern Tal, fürchte ich kein Unglück, denn du bist bei mir; dein Stecken und Stab trösten mich ...«

*Aus der Aussage des Kriminalkommissars i. R. Ludwig Pfleiderer, 18 Jahre nach den Ereignissen*

Der Kriminalrat Hecht, der hat damals die Sache an sich gerissen. Der war immer scharf auf Kapitalverbrechen. »Der Hecht im Karpfenteich« war bei uns ein geflügeltes Wort. Da gibt es nicht viel darüber zu sagen.

Er war ein scharfer Hund – wenn er gehört hat, da ist ein Mord oder Totschlag, dann hat er Blut geleckt, dann hat man ihn nicht mehr von der Sache abbringen können.

Der wollte auch keinen dabeihaben, wenn er mit den Beschuldigten gesprochen hat. Der Hecht ist mit demjenigen in dem kleinen Kämmerlein verschwunden und erst wieder herausgekommen, wenn er ein Geständnis hatte. Und gestanden haben bei dem alle.

Ich sehe ihn heute noch vor mir, wie er dann immer gegrinst hat, von einem Ohr zum anderen. Er hat einem das Geständnis auf den Tisch gelegt und gesagt: »Herr Pfleiderer, der Herr Soundso hat gestanden.« Das war's.

Er hatte mit seinen Methoden Erfolg, und wer erfolgreich ist, der hat recht. Da fragt keiner nach der Vorschrift, dem hat man einiges durchgehen lassen. Heute ginge das nicht mehr, aber gleich nach dem Krieg … Wir waren doch froh um jeden unbelasteten, kompetenten Kollegen, und fragen können Sie den Hecht eh nicht mehr, der ist seit fünf Jahren tot. Herzinfarkt, keine drei Wochen nach seiner Pensionierung. Der ist umgefallen, und aus war es.

## *Theres*

Zwischen den Grabstellen nahe dem Eingang des Friedhofs standen zwei Frauen. Theres war schon fast an ihnen vorüber, als sie sie bemerkte. Automatisch, ohne es zu wollen, blickte sie hinüber. Die Frauen rückten noch enger zusammen, versuchten sich hinter den Grabsteinen zu verstecken. Wie große schwarze Krähen kamen sie der alten Frau vor. Theres brauchte die Stimmen nicht zu hören, um zu wissen, was sie einander zuflüsterten: »Schau mal, da drüben, die Zaunerin.«

»Wie sie sich über den Friedhof schleicht! Dass sie sich hertraut an so einem Tag!«

»Der Alte hat die Afra umgebracht, wegen dem Bankert.«

»Mit einem Franzosen hat sie sich eingelassen, die Afra, und da hat der eigene Vater sie erschlagen. Eine Schande ist es.«

»Aber wissen tut man ja nie, vielleicht war da noch mehr dran. Unter den Nazis da war der Alte doch auch schon eingesperrt. Einmal Zuchthäusler, immer Zuchthäusler.«

»Die Geschichte mit dem Franzosen, die weiß ich ganz genau, ich hab's von meiner Schwägerin, die hat eingeheiratet drüben in Polzhausen, da hat die Afra als Kellnerin gearbeitet.«

»Ein Gschwerl ist das.«

Theres ging weiter, tat so, als würde sie die beiden nicht sehen. Seit dem Unglück steckten die Leute im Dorf die Köpfe zusammen, wenn sie sie kommen sahen. Nicht die Toten waren es, vor denen man sich in Acht nehmen musste; die Lebenden, vor denen musste man Angst haben.

Zur Beerdigung waren noch alle erschienen. Der ganze Friedhof war voll gewesen, nie zuvor hatte sie so viele Menschen auf einmal gesehen. Auf den Gräbern sind sie gestanden, sogar auf der Friedhofsmauer. Ein jeder wollte einen Blick auf das Grab werfen. Alle hatten sie darauf gehofft, dass auch Johann dabei sein würde.

»Der alte Zauner, der Mörder.«

Aber sie hatten ihn nicht nach Hause gelassen, und das war gut so. Er hätte es nicht verstanden, wie er in letzter Zeit so vieles um sich herum nicht mehr verstand. Jeden Tag ging sie auf den Friedhof und am Sonntag in die Kirche, und einmal im Monat ließen sie sie zu Johann. Jedes Mal, wenn sie ihn sah, erschrak sie mehr, er war nur noch ein Schatten seiner selbst. Er erkannte sie jetzt oft nicht einmal mehr, wenn sie ihn besuchte. Und wenn Theres anfing, von Afra und dem Kind zu erzählen, schien es ihr, als würde er nicht wissen, von wem sie sprach. Für sie war dieser Zustand unerträglich, denn so wurden ihr die Tochter und der Enkel ein zweites Mal genommen.

Die Zaunerin drückte die Gießkanne mit beiden Händen ins Wasser des steinernen Trogs. Sie sah zu, wie Luftblasen aus dem Inneren der Kanne aufstiegen. Zuerst hatte sie der Allerheiligenprozession fernbleiben wollen, aber dann war sie doch gegangen. Ganz weit hinten hatte sie gewartet, war erst vor zum Grab, als auch die Letzten den Friedhof nach dem Umgang verlassen hatten.

Sie zog die Kanne aus dem Wasser. Mit der schweren Gießkanne ging sie die Gräberreihen entlang zurück zur Grabstelle. Der Kies knirschte bei jedem Schritt. Sie stellte die Kanne neben das Grab, brach die welken Blütenstängel ab, legte sie beiseite und goss die Blumen. Danach befüllte sie den Weihwasserkessel. Sie griff in die Jackentasche und wollte gerade das Seelenlicht herausholen, da hörte sie die Stimme.

»Gibst ihnen ein Wasser, damit die Qualen im Fegefeuer gemildert werden?«

Theres drehte sich um, hinter ihr stand Hetsch.

»Hast du mich erschreckt. Was machst du noch

hier? Die Prozession ist vorbei. Warum bist nicht bei den anderen im Wirtshaus?«

Theres holte die Kerze aus der Tasche.

»Vielleicht treibt mich was um? Wie die armen Seelen, die sollen ja heute in der Nacht über die Gräber laufen.«

»Was willst damit sagen?« Die alte Frau schaute ihn fragend an.

»Hast das noch nicht gehört, Zaunerin? Heut Nacht kannst sehen, wen die Toten im nächsten Jahr zu sich holen wollen. Vielleicht aber treibt mich auch nur das schlechte Gewissen um, genau wie dich. Du hast mich doch gesehen, wie ich draußen war an dem bewussten Tag, oder?«

»Ich hab keinen gesehen, ich war den ganzen Tag unterwegs.«

Theres wollte sich wegdrehen, doch Hetsch hielt sie am Arm fest.

»Aber du warst doch da, zumindest in der Früh, ich hab doch den Lärm gehört.«

»Nix war ich. Ich war in Einhausen, Hetsch. Sonst wär das Unglück auch nie passiert.«

Hetsch ließ sie los, stand da, nestelte mit den Fingern an seiner Jacke. Den Blick hatte er an ihr vorbei auf den Grabstein gerichtet, klein und schmal sah er mit einem Mal aus, dabei ging sie ihm nicht mal bis zur Schulter. All die sonst so gern zur Schau gestellte Forschheit war weg.

»Ich hab die Afra immer recht gern gesehen, und da wollte ich es halt wissen an dem Tag. Auf Biegen und Brechen wollte ich es wissen. Ich hab mir gedacht, ich bleib so lange, bis sie Ja sagt, aber dann ist alles ganz anders gekommen, und dann bin ich auf und davon.«

»Wenn du was gesehen hast, Hetsch, dann musst zur Polizei.«

Hetsch richtete sich ganz gerade auf, es war, als stünde plötzlich ein anderer vor ihr.

»Ich hab nichts gesehen. Aber sagen wollte ich dir, dass ich sie wirklich gerngehabt hab, die Afra. Ich hab sie ehrlich gemocht.«

Dann drehte er sich um und ging. Theres stand da und schaute ihm nach, bis sich seine Gestalt im Dämmerlicht verlor. Schließlich nahm sie die Streichhölzer und zündete das Seelenlicht in ihren Händen an.

»Ich hätte an dem Tag nicht fortdürfen. Er hat recht, mich treibt das schlechte Gewissen hierher. Ich stell euch das ewige Licht her, damit sich der Kleine nicht fürchten muss in der Nacht. Wie du mich gebraucht hast, war ich nicht da, Afra.«

Als Theres durch die Gräberreihen zum Ausgang ging, war es dunkel geworden, nur die auf den Gräbern brennenden Lichter erhellten den Friedhof ein wenig.

Sie dachte an das, was ihr der Hetsch über die

Toten gesagt hatte, und dass die Verstorbenen sich denjenigen aussuchen würden, der ihnen im kommenden Jahr nachfolgte. Der Einzige, den Theres an diesem Abend über die Gräber laufen sah, war der Hetsch selber gewesen. Sie bekreuzigte sich.

»Gott sei seiner Seele gnädig.«

*Aus der Aussage des mittlerweile pensionierten Polizisten Hermann Irgang, 18 Jahre nach den Ereignissen*

Ich möchte hier schon noch eines sagen, unsere Ermittlungen seiner Zeit haben sich nicht nur auf Johann Zauner als möglichen Täter beschränkt. Wir haben die Augen in alle Richtungen offen gehalten, auch wenn sich der Vater von Anfang an schon recht merkwürdig verhalten hat.

Der Krieg war ja erst zwei Jahre her, und da ist es schon vorgekommen, dass sich so allerhand seltsame Gestalten herumgetrieben haben. Viele aus der Stadt, die was eintauschen wollten, Kleidung und Bilder für Butter, Eier und Wurst. Hin und wieder waren auch welche dabei, die einem das Fürchten hätten beibringen können, so abgerissen sind die herumgelaufen. Natürlich sind wir da aufmerksam geworden, wie wir gehört haben, dass sich zu diesem Zeitpunkt zwei Wanderburschen in dieser Gegend aufgehalten haben. Und wie man die Burschen dann auch noch auf dem Hof vom Zauner gesehen haben wollte, da sind wir natürlich erst recht hellhörig geworden. Wir haben sofort alles in die Wege geleitet, um sie zu finden.

Es war damals gar nicht so leicht, einen, der auf der Walz war, ausfindig zu machen. Noch dazu hatten wir ja keine Namen, nur, dass es sich eben um zwei junge Burschen handelt und dass sie in der Nacht vor dem Mord in einem Heustadel untergekommen waren.

Ich hätte nicht die Hand dafür ins Feuer legen wollen, dass wir sie wirklich finden würden, aber wir konnten die beiden tatsächlich aufspüren.

Leider hat sich dann aber recht schnell herausgestellt, die ganze Mühe war umsonst gewesen, zur Tat haben sie leider gar keine Angaben machen können. Sie haben zwar ausgesagt, sie sind am Haus vorbeigekommen; ob es jedoch an dem bewussten Tag oder einen zuvor gewesen war, haben sie beim besten Willen nicht mehr sagen können. Auch sonst konnten sie keine vernünftigen Angaben machen, die uns weitergebracht hätten.

Wer sie damals befragt hat, das weiß ich nicht mehr, eigentlich müsste das auch in den Akten stehen, aber wie bekannt wurde, dass der Zauner gestanden hat, ist es wohl nicht mehr protokolliert worden. Da ging es seinerzeit ein bisserl legerer zu als heutzutage.

Der Verdächtige hatte gestanden, und die Burschen konnten eh nichts zur Tat aussagen, da war es nur logisch, dass wir sie halt wieder haben laufen lassen. Was hätten wir denn anderes machen können? Eine nochmalige Befragung wäre eh sinnlos gewesen, wir hatten keine Handhabe, und wenn einer nichts gesehen hat, dann hat er nichts gesehen, da hilft auch kein Fragen.

Es hat sich damals wie ein Lauffeuer herumgesprochen, dass der Zauner gestanden hat, aber auch ohne sein Geständnis wies alles von Anfang an auf ihn hin. Es waren ja nicht nur die andauernden Streitereien, sein seltsames Verhalten – er hatte Kratzverletzungen an den Armen, die er uns nicht erklären konnte, der Hausarzt hat das damals festgestellt. Ob er noch mal von einem Amtsarzt untersucht wurde, kann ich nicht sagen. Wir haben es uns wirklich nicht leichtgemacht, am Ende blieb einfach nur er als möglicher Täter übrig.

## *Dr. Augustin*

»Was hast geschleckt?«

Dr. Augustin zog den Kartenstapel von der Tischmitte wieder zu sich herüber, um die Karten an die Mitspieler auszuteilen.

»Das werde ich dir bestimmt sagen. Vielleicht war's ja der Max? Ein Kritischer war es auf alle Fälle.«

Josef Loibl, sein Gegenüber, grinste Augustin spitzbübisch an.

»Ausschaffen könnt ihr uns ja nicht mehr, ihr seid ja schon gespannt.«

Dann rief er über Augustins Kopf hinweg zum Schanktisch hinüber: »Roswitha, bringst mir noch eine Halbe her, aber wenn's geht, mit einem Bierwärmer!« Und an die am Tisch Sitzenden gewandt: »Ihr könnt es glauben oder nicht, aber ich bekomme von dem kalten Bier immer Sodbrennen. Noch dazu, wenn ich es vor dem Mittagessen trinke.«

»Ach, du bist mir schon so ein Mamaluk, verträgst nicht einmal ein gescheites Bier zum Frühschoppen.«

Dr. Augustin hatte die Karten verteilt, nahm sein Blatt vom Tisch auf und ordnete es.

»Augustin, reiß dich zusammen, sonst spiel ich nicht mehr mit. Staatsanwalt hin oder her, manchmal bist schon ein rechtes Gscheidhaferl«, erwiderte der Angesprochene, und weiter in einem versöhnlichen Ton: »Aber weil ich nicht so bin, magst du den Schlag ansagen? Dann sag ich den Trumpf.«

Roswitha Haimerl brachte die verlangte Halbe, tauschte das volle gegen das leere Glas und machte ihr Zeichen auf den Bierfilz.

»Will noch einer der Herren was trinken? Dann muss ich nicht zweimal laufen.«

»Heute bist aber wieder recht grantig, Roswitha. Kannst mir trotzdem ein Helles bringen, und meines darf ruhig kalt sein«, gab ihr einer der Kartler augenzwinkernd zur Antwort.

»Da soll einer nicht hantig werden, wenn man wegen jeder Halben extra laufen muss.«

Roswitha Haimerl drehte sich um und ging zum Schanktisch hinüber.

»Von mir aus, dann sage ich den Schlag an. Mir ist es gleich, verlieren tut's ihr sowieso. Ich sag sieben«, warf Dr. Augustin ein.

»Die Sieben, den Notschrei will er haben, unser Herr Staatsanwalt, dann sage ich Herz. Herz sieben.«

Josef Loibl nahm den Bierwärmer aus dem Glas und prostete den anderen am Tisch zu.

»Prost! Eigentlich sollten wir euch jetzt ausschaffen, aber wir sind ja nicht so.«

Diesmal war es Hermann Müller, der Wirt, der das Bier an den Tisch brachte. Er tauschte die Gläser, stellte das benutzte Glas auf den freien Nebentisch und blieb stehen. Er sah zu, bis die Runde zu Ende gespielt war, dann nahm er sich einen freien Stuhl und setzte sich zu den Spielern, die den Einsatz unter sich aufteilten. Fünferl und Zehnerl wurden über den Tisch geschoben und die Karten zusammengepackt. Josef Loibl, der, wie es aussah, mit seinem Gewinn nicht zufrieden war, meinte: »Wenn man es genau nimmt, ist das ja unerlaubtes Glücksspiel, oder?«

Dr. Augustin, an den die Frage offensichtlich gerichtet war, schüttete die Münzen aus dem kleinen Untersatz in die Geldbörse und antwortete: »Erstens macht's Kartenspielen und besonders das Watten ohne Einsatz keinen Spaß, und zweitens bin ich nicht im Dienst. Und solange es nur um Fünferl geht, kann keiner übervorteilt werden. Da kann selbst so ein Geiznicki wie du mithalten, Loibl.«

Dann steckte er sein Portemonnaie in die Gesäßtasche, nahm sein Glas, »Prost meine Herren!«, und trank.

Einer der Spieler stand vom Tisch auf, klopfte mit der Faust leicht auf die Tischplatte, »So, ich pack es jetzt. Erst geh ich noch zum Biesln und dann heim. Bei uns steht bestimmt schon das Essen auf dem Tisch – sonst bekomme ich wieder Ärger. Servus, bis nächsten Samstag.«

»Wart, ich geh auch mit zum Biesln, und heim muss ich auch.«

Auch Josef Loibl stand vom Tisch auf.

Hermann Müller zog seinen Stuhl etwas näher an Dr. Augustin heran. Er griff in die Brusttasche seines Hemds und holte einen zusammengefalteten Zeitungsartikel hervor. Diesen streifte er vorsichtig auseinander und legte ihn in die Mitte des Tisches.

»Da, Augustin, da hab ich was für dich. Gestern hat einer den Artikel hier verloren. Schau einmal genau hin, da auf dem Foto bist du drauf.«

Dr. Augustin nahm das vergilbte Stück Papier und sah es sich aufmerksam an. »Woher kommt denn der? Das ist ja schon ewig her.«

»Wie ich schon gesagt habe, gestern war hier ein Gast mit einem fetzen Rausch, und der hat den Ausschnitt liegenlassen, mitsamt seiner Geldbörse und einem Zwanzigmarkschein.«

Der Wirt kramte in seiner Hosentasche und legte auch die Börse auf den Tisch.

»Das war ein seltsamer Vogel. Am Anfang war

er noch ganz ruhig, und dann hat er auf einmal angefangen, wirr zu erzählen. Er wüsste von einem Mord, und der, der es getan hat, der würde noch frei herumlaufen. Ich hab geglaubt, das ist ein Spinner, aber heut in der Früh hat die Roswitha das Portemonnaie gefunden. Wie ich mir das Foto angeschaut habe, da hab ich meinen Augen nicht getraut. Ich hab mir gedacht, das bist doch du, Augustin, dahinten halb verdeckt, hab ich recht?«

»Ja, das bin ich. Und du wirst lachen, ich kann mich noch erinnern, das war mein erster Fall vor Gericht gleich nach der Assessorenprüfung. Die Sache war ziemlich eindeutig. Aber was der gestern erzählt hat, interessiert mich jetzt schon.«

Und so berichtete Hermann Müller von dem Vorfall, und Dr. Augustin hörte die ganze Zeit aufmerksam zu. Augustin blieb danach noch eine Weile sitzen. Ungewöhnlich ruhig und nachdenklich war er geworden. Er trank sein Bier aus und ging nach Hause.

Auch den Rest des Tages benahm er sich anders als sonst. Wenn er für gewöhnlich am Samstag nach dem Frühschoppen nach Hause kam, setzte er sich an den Tisch, aß zu Mittag und ging danach mit der Zeitung ins Wohnzimmer. Dort setzte er sich aufs Sofa, studierte das Blatt eingehend, um sich dann, mit sich und der Welt zufrieden, zu einem Schläfchen hinzulegen. Doch an diesem Tag ließ er das Essen auf dem Tisch kalt werden und ging sofort in sein Arbeitszimmer. Er durchsuchte die Regale nach alten Unterlagen; als er das Gesuchte nicht fand, wanderte er unruhig im Zimmer herum. Schließlich verließ er den Raum, zog sein Jackett über und fuhr hinüber in sein Büro. Dort blieb er bis in die späten Abendstunden, über alte Unterlagen gebeugt, sitzen.

Gleich am Montagmorgen wies er seine Mitarbeiter an, sich erneut mit dem Fall zu befassen.

## *Johann*

Der Gendarm rutschte unruhig auf dem Küchenstuhl hin und her. Johann konnte ihm ansehen, wie unwohl er sich in der Uniform fühlte, die Schweißperlen standen ihm auf der Stirn. Von Zeit zu Zeit wischte er sie sich mit einem Taschentuch trocken. Dann sprang er plötzlich auf und sagte, er müsse schnell mal hinausgehen, »auf siebzehn, zum Biesln«, und er, Johann, solle auf seinem Platz bleiben und keine Dummheiten machen, denn auch wenn er jetzt kurz austreten müsste, so würde er ihn doch weiter im Auge haben.

Anfangs blieb der Alte auf seinem Stuhl sitzen und wartete. Genau so, wie es der Polizist ihm gesagt hatte, doch dann fiel sein Blick auf Afra, die immer noch auf dem Sofa lag. Ihre Kleidung war ganz rot vom Blut. Was sollte er Theres sagen, wenn sie zurückkam? Die Leichenfrau musste kommen und Afra waschen. Ganz viele Dinge waren zu erledigen, die Kirche, die Beerdigung. Was würde aus Albert werden? Er musste etwas tun, er konnte nicht auf dem Stuhl sitzen bleiben und die Zeit verrinnen lassen. Theres würde nicht verstehen, dass er nur dasaß und nichts tat.

Der Alte stand von seinem Stuhl auf, er hatte einen Entschluss gefasst, er würde hinübergehen in die Kammer und von dort frische Kleider für die Tochter holen. Wenn sie sie in den Sarg betten würden, sollte sie anständig angezogen sein. Keiner im Dorf sollte sagen können, er hätte sie gehen lassen ohne ihre Sonntagskleider.

Er würde das dunkelblaue Kleid holen, das mit dem Spitzenkragen, und frische Strümpfe. Er würde alles herrichten für die Totenfrau. Damit sie sie waschen und verrichten konnte. Den Rosenkranz und ihr Gebetbuch musste er zurechtlegen und den Spiegel verhängen.

Theres wäre in diesen Dingen viel geschickter, aber er konnte nicht warten. Jeden Moment konnten sie hier sein und die Tochter mitnehmen. Er musste alles bereit haben.

Johann Zauner ging zur Küche hinaus über den Fletz in die Kammer. Das Zimmer war nicht so ordentlich, wie es sonst Afras Art war. Der Schrank stand ein Stück offen, die Wäsche hing zum Teil aus den Fächern oder lag verstreut auf dem Boden. Er bückte sich, hob sie auf, versuchte, so gut es ging, die Sachen zurück in den Kasten zu legen. Er schloss die Tür, ging dabei einen Schritt zur Seite und stieß gegen den Nachttisch. Ein Schuhkarton, den er zuvor dort gar nicht hatte stehen sehen, fiel herunter, schlug auf den Boden. Afras ganze Habseligkeiten lagen verstreut um ihn herum. Briefe, Knöpfe, Haarnadeln und ihr Rosenkranz, selbst das Gebetbuch lag aufgeschlagen da.

Johann Zauner kniete sich umständlich auf den Boden, sammelte als Erstes die aus dem *Gottesdienst* gefallenen Sterbebilder wieder auf und legte sie mit dem Gebetbuch zurück auf den Nachttisch, wo es hingehörte. Ebenso den Rosenkranz. Er musste beides mit in die Küche hinübernehmen. Dann ordnete er, so gut er konnte, die Briefe und legte sie wieder in die Schachtel zurück. Er bückte sich, um nach den Knöpfen zu suchen, unter dem Nachtkästchen versteckt fand er einen Geldschein und mehrere Münzen. Er sammelte sie vom Boden auf, richtete sich, noch immer kniend, auf und zog seine Geldbörse aus der Gesäßtasche heraus, sie würden jeden Pfennig für die Beerdigung brauchen können.

»Was machst du hier! Schau bloß, dass du dich wieder auf deinen Platz zurückschleichst!«

Johann Zauner drehte sich erschrocken Richtung Tür. Im Rahmen stand der junge Polizist mit hochrotem Kopf und brüllte ihn an. Johann stand schwerfällig auf, stützte sich dabei mit dem Ellbogen am Bett ab. Verwirrt streckte er die Hand, in der er immer noch das aufgesammelte Geld hielt, dem Polizisten entgegen. Der war mit zwei Schritten bei ihm und riss Johann den Schein aus der Hand und ließ sich die Münzen geben.

»Das bleibt schön bei mir. Beweismittel verschwinden lassen, so geht das nicht. Das ist gegen das Gesetz. Warum hast du das gemacht, Zauner? Wolltest wohl einen Raub vortäuschen, aber da kommst mir gerade recht. Schau bloß, dass du wieder hinüberkommst auf deinen Platz und dass du mir hier nichts mehr anlangst. Und den Geldbeutel, den gibst mir auch.«

Johann Zauner entschuldigte sich untertänig und tat, was von ihm verlangt wurde. Das *Gottesdienst* und den Rosenkranz ließ er auf dem Nachttisch liegen.

*Aus der Aussage des Staatsanwalts Dr. Augustin, 18 Jahre nach den Ereignissen*

Ich war damals ein ganz junger Staatsanwalt, Feuer und Flamme für meinen Beruf und überzeugt davon, einen wichtigen Beitrag zum Aufbau eines unbelasteten und gerechten Rechtssystems leisten zu können. Idealistisch und auch ein wenig naiv, wie man es nur in jungen Jahren sein kann.

Auch nach so langer Zeit ist mir der Fall Zauner deshalb immer noch im Gedächtnis. Trotzdem habe ich mir aber zur Sicherheit die alten Akten kommen lassen und darin nachgelesen. Ich möchte hier auch das Bild wiedergeben, das wir damals zum Zeitpunkt der Untersuchung hatten.

Johann Zauner machte demnach bei der ersten Tatbestandsaufnahme einen völlig gleichgültigen und apathischen Eindruck. Er schien zumindest äußerlich von der Tragödie nicht im Geringsten berührt. Laut einer sich in den Akten befindenden Zeugenaussage hatte er es sogar fertiggebracht, kurz nach der Bluttat Brotzeit zu machen. Auch unternahm er Versuche, in primitiver, dümmlicher

Art und Weise einen Raubmord vorzutäuschen, indem er Geld und andere Kleinigkeiten der Getöteten in deren Zimmer verstreute. Als er auf das absurde Tun, das in Anwesenheit eines Polizeibeamten und nach der ersten polizeilichen Untersuchung stattfand, aufmerksam gemacht wurde, entschuldigte er sich zunächst umständlich und wollte alles wieder aufräumen.

Herr Zauner wurde im Verlauf des Ermittlungsverfahrens verschiedentlich vernommen. Seine spärlichen Erklärungen zur Tat befanden sich im Einklang mit den gefundenen Spuren. Für uns ergab sich zum Zeitpunkt der Untersuchung nie der geringste Zweifel an seiner Schuld. Zudem legte er vor einem Beamten ein Bekenntnis der Tat ab. Ein Geständnis wiegt schwer, es ist die Krone der Beweisführung, das eindeutigste und wichtigste Beweismittel. Er widerrief oder relativierte seine Aussage während der laufenden Untersuchung nie, und er wurde nicht nur einmal befragt, sondern hatte mehrfach die Möglichkeit, sich zu distanzieren. Dass er sich nicht klar über das Motiv äußerte, ist zwar ein Wermutstropfen, war aber bei seiner doch sehr einfach strukturierten Persönlichkeit nicht unbedingt verwunderlich. Er brachte zum Ausdruck, dass er wütend gewesen sei, er habe, wörtlich, »einen Mordsgrant gehabt«, und wiederholte mehrfach, in diesem Zustand nicht gewusst zu haben, was er tat. Auf die Fragen, warum er das Kind auch noch umbrachte, kam immer wieder die gleiche Antwort, es sei, wie er sagte, »immer zwischen den Beinen herumgelaufen« und alles wäre so »in einem Aufwasch« gewesen.

Schon mit der ersten Befragung fiel diese Schwerfälligkeit und geistige Trägheit auf. Zauner wurde darum zur Untersuchung in eine psychiatrische Anstalt gebracht. Die Ergebnisse lagen dem Gericht seinerzeit vor.

Alles schien sehr klar, und, was am wichtigsten ist, der Angeklagte war geständig. Um ein Geständnis kommt man nicht herum. Mag sein, dass es eine sehr vereinfachte Anschauung der Dinge ist, aber das Eingeständnis einer Tat durch den Beschuldigten ist ein seelischer Reinigungsakt, vergleichbar mit der Beichte. Der Täter bekennt sich wie der Sünder zu seiner Schuld und verschafft sich so Erleichterung und Seelenfrieden. So zumindest wurde es uns damals während meines Studiums noch vermittelt.

Wie gesagt, ich war noch am Beginn meiner Laufbahn, in der Zwischenzeit sind viele Jahre vergangen, und ich habe gelernt, manche Dinge zu hinterfragen. Ich habe gelernt, dass es sehr verschiedene Gründe gibt, eine Tat einzugestehen, selbst Taten, die nie von der betreffenden Person begangen wurden, werden manchmal sehr überzeugend und voller Inbrunst gestanden. Es ist mitunter schwierig, die Wahrheit zu erkennen, und manchmal hören auch gewissenhafte Polizeibeamte nur das, was sie gern hören möchten, da unterscheiden sie sich nicht von allen anderen Menschen. Was am Ende des Tages übrig bleibt, ist die Tatsache, dass Johann Zauner gestanden hat. Und so wurde er angeklagt.

Gegen Ende der Hauptverhandlung, als schon alle Zeugen vernommen und alle Gutachter gehört waren, dann die Wandlung. Plötzlich sprang Zauner hoch und widerrief sein Geständnis. Er war mit einem Mal wie ausgewechselt. Er zeigte sich störrisch, bockig. Leugnete und hatte nicht die geringste Einsicht. Es kam zu tumultartigen Szenen im Saal, als er »Gott zum Zeugen« anrief. Der Vorsitzende drohte an, den Saal räumen zu lassen, wenn sich die Menge nicht beruhigen würde. Keiner der Anwesenden glaubte dem Angeklagten auch nur ein Wort. Johann Zauner schrie, dass er nicht der Täter sei. Immer wieder versuchte der Richter ihn zu bewegen, doch sein Gewissen zu erleichtern und sein Geständnis zu wiederholen. Zauner jedoch blieb hartnäckig und bot sogar an, seine Unschuld an Eides statt zu erklären, nicht wissend, dass er den Eid nicht verlangen konnte. Selbst sein Verteidiger war außerstande, ihn zu beruhigen. Ich würde lügen, wenn ich sagen würde, dass ich damals von seiner Schuld nicht restlos überzeugt war. Johann Zauner wurde aufgrund der erdrückenden Beweislast und zahlreicher Zeugenaussagen überführt. Aber wie bei allen Indizienprozessen bleibt immer ein Rest Unsicherheit.

Ich weiß nicht, ob ich heute noch wie vor achtzehn Jahren den Antrag, Zauner wegen zweier Verbrechen des Mordes zu einer Zuchthausstrafe von je acht Jahren und unter Billigung zu einer Gesamtfreiheitsstrafe von zwölf Jahren Zuchthaus zu verurteilen, stellen würde.

Das Gericht erließ schließlich ein Urteil von einer Gesamtstrafe von zehn Jahren und anschließender Sicherungsverwahrung. Es wurde angeordnet, ihn nach Strafverbüßung wegen seiner geistigen Defizite und der sich daraus ergebenden Wiederholungsgefahr in eine Heil- und Pflegeanstalt einzuweisen. Der Sachverständige hatte Zauner wegen seiner Demenz als vermindert zurechnungsfähig eingestuft.

Ich war mit dieser Entscheidung des Gerichts zufrieden. Nach den Ergebnissen der Ermittlungen blieb uns keine andere Wahl, und das Urteil war richtig; ob es gerecht war, ist eine andere Frage.

Kein Gericht der Welt kann Gerechtigkeit schaffen, unsere Entscheidungen können wir nur nach den im Augenblick der Verhandlung vorhandenen

Beweisen treffen, und natürlich im Rahmen der gesetzlichen Möglichkeiten. Wir liegen leider mit unserer Auslegung der Wahrheit zu häufig falsch oder sehen von unserem Standpunkt aus nur einen kleinen Teil. Die Wahrheit ist ein scheues Kind, und ihre Mutter, die Gerechtigkeit, ist meist blind.

## *Matthias Karrer*

Irgendwann in der Nacht wachte er auf. Es war dunkel, er war allein in der Gaststube. Selbst der Wirt war nicht mehr da. Er musste eingeschlafen sein, das Bierfilz und die Rechnung lagen noch auf dem Tisch. Der Arm tat ihm weh, weil er ihn so verrenkt auf dem Tisch hatte liegen lassen. Er hatte Schmerzen bis hinauf in die Schulter, alles war verspannt. Die Hand war ganz taub, und er musste sie erst mit der anderen ein wenig massieren, bis sie wieder zu gebrauchen war. Als er aufwachte, wusste er anfangs gar nicht, wo er war und was er hier machte. Doch dann fiel es ihm wieder ein. Er war gestern Abend hier in der Baitz hängengeblieben. Zuerst war er nur eingekehrt, um sich eine Brotzeit zu kaufen. Den ganzen Tag unterwegs von einem Haus zum anderen. Klingelputzen. Gegen sieben hatte er genug, er fand, er hatte sich sein Abendessen hart verdient.

Scherenschleifen war kein einträgliches Geschäft mehr. Die Leute legten keinen Wert auf sein Handwerk. Noch vor zehn Jahren hatte er ein gutes Auskommen, doch jetzt? Die Menschen heutzutage kauften Massenware, Messer mit Plastikgriffen, für ein Butterbrot zu haben. Alles billig, alles schnell, brauchst was Neues, gehst zum Woolworth oder Bilka. Da schmissen sie den Kunden das Gelumpe hinterher. So ein Messer konnte man nicht schleifen, da bog sich die Klinge schon beim Anschauen, und wenn er sie auf den Wetzstein legte, musste er Angst haben, sie zerbrach, so schundig war das Zeug.

»Die guten alten Zeiten sind vorbei«, sagte er halblaut zu sich selbst und hielt sich an der Tischplatte fest, um besser aufstehen zu können. Solange er denken konnte, war er auf der Reise. Er war kein Zigeuner, seine Familie gehörte zu der Gruppe der Jenischen. Hausierer, Scherenschleifer und Korbflechter waren sie seit Generationen, alles anständige Leute mit einem ordentlichen Wandergewerbeschein und einem kleinen Haus in Unterlichtenwald. In der schlechten Zeit während des Dritten Reiches, als selbst der Gewerbeschein seine Gültigkeit verloren hatte und der Vater zum Arbeiten in der Munitionsfabrik zwangsverpflichtet wurde, da hat ihnen das Häusl das Leben gerettet, auch wenn die anderen Jenischen wegen der Sesshaftigkeit auf sie herabblickten.

»Wennst in einem Haus wohnst, dann bist kein Jenischer mehr, dann bist ein Gatschis.«

Aber Fakt war, ohne festen Wohnsitz hätten sie alle nach Dachau müssen.

Einen wie ihn hielt es nicht an einem Ort, nach dem Krieg ist er los. Das hast im Blut, daran kannst nichts ändern.

Zwei, drei Mal im Jahr kam er in diese Gegend, darum kannte er das Wirtshaus. Er hatte seine festen Routen. Zwei Jahre nach dem Krieg war er das erste Mal hier gewesen und dann bis auf wenige Unterbrechungen Jahr für Jahr.

»Verdammt, ist das lange her!«, sagte er halblaut zu sich selbst und klopfte, unsicher auf den Beinen stehend, seine Jacke nach den Zigaretten und dem Feuerzeug ab. Er konnte aber weder das eine noch das andere finden, darum setzte er sich wieder auf den Stuhl.

Wie er gestern wieder in Einhausen war, da war er hier eingekehrt. Er hatte sich einen sauren Presssack bestellt. Wie immer. In der Baitz hier, da machten sie den besten der ganzen Gegend. Die Bedienung, die war eine rechte Beißzange, aber das Essen war gut, und man bekam noch was für sein Geld.

Am Nebentisch haben ein paar Gäste zum Politisieren angefangen. Eine Zeit lang hatte er nur zugehört und dann mischte er sich über den Tisch hinweg in den Disput ein, bis er schließlich sein Bier genommen hatte und sich zu ihnen setzte.

Später, als die Wirtsstube schon leerer wurde, ging es immer hitziger zu. Geschichten aus der »alten Zeit« und dass bei einem wie dem Adolf dies oder jenes nicht passieren würde, gingen hin und her.

Er merkte gar nicht, wie viel er getrunken hatte. Normalerweise hielt er sich zurück, aber gestern … Am Ende waren es doch einige Bier und Schnäpse zu viel gewesen.

Wieder suchte er die Taschen erfolglos nach einer Zigarette ab.

»Verdammt, wo hab ich die bloß hingesteckt?«

Wenn die anderen nicht aufgebrochen wären, er hätte weiter debattiert und gesoffen, und das an einem Tag, an dem das Geschäft nur schleppend gelaufen war. Wie dann der Letzte aus der Runde die Lust am Disputieren verloren hatte und heim ist, da hatte er sich noch einen letzten Obstler und eine Halbe bestellt.

»Auf einem Bein kannst schlecht stehen.«

Und wie immer, wenn er rauschig war und sich über die Dummheit und die Ungerechtigkeit der Welt ärgerte, kam ihm die ganze unselige Geschichte wieder in den Sinn. Und dass es ihn wurmte, dass sie den Richtigen nie erwischt hatten. Ja, schlimmer, nicht einmal nach ihm gesucht hatten. Der, der die junge Frau damals gedupft hatte, der führte jetzt sicher ein lustiges Leben, womöglich mit Frau und Kind. Der bräuchte sich bestimmt nicht Tag für Tag den Buckel krumm machen, der hatte womöglich ein gutes und sicheres Auskommen. Und er? Er hatte sich eigentlich nie was Großes zuschulden kommen lassen, und doch, bei ihm ging es immer bloß bergab. Für diese ganze Bagage hier war er ein Scherenschleifer, ein Lump und ein Zigeuner, wen scherte es, dass er meistens versucht hatte, ehrlich zu sein.

»Die lassen dich schon nicht aufkommen«, sagte er zu sich selbst.

Immer noch vom Alkohol benommen, probierte er ein weiteres Mal, vom Stuhl hochzukommen. Schließlich stand er, noch etwas wackelig auf beiden Beinen. Er tastete sich im Finstern langsam und vorsichtig hinüber zur Tür. Sie war verriegelt, von dort tappte er weiter zur Bank unter dem Fenster.

An manchen Tagen wäre es einfach besser, in der Früh im Bett liegen zu bleiben und nicht aufzustehen, genau so ein Tag war gestern. Seit dem Vormittag war alles schiefgelaufen, schon als er noch auf dem Weg von Einhausen nach Finsterau war. Irgend so ein vermaledeiter Hund hatte auf der Straße ein Nagelbrett liegen lassen. Er hatte es nicht gesehen und war mit seinem Lloyd 600 darübergefahren. Ein Platten. Nachdem er den Reifen gewechselt hatte und sich, langsam eine Zigarette rauchend, umsah, war es ihm aufgefallen. Er stand mit dem Wagen ausgerechnet an der Abzweigung in Finsterau, an der es hinüberging zu dem Sach, wo seinerzeit nach dem Krieg die junge Frau umgebracht worden war.

Er öffnete das Fenster.

Gleich da hätte er wieder umkehren müssen, solche Plätze waren immer ungut. Es war kein Zufall gewesen, es konnte gar keiner sein.

»Die geht da draußen noch um. Da draußen weizt's, die arme Seele gibt keine Ruhe. Kein Wunder, dass ich mir gestern genau an der Stelle einen Platten gefahren habe. Herrgott Sakrament noch einmal, und jetzt bleibe ich auch noch mit der Joppe hängen.«

Umständlich versuchte er, die Jacke loszumachen. Er zog und rüttelte daran, endlich gelang es ihm, dabei fielen die gesuchten Zigaretten und das Feuerzeug auf die Fensterbank. Er sammelte beides wieder ein. Und stieg durch den Rahmen hinaus ins Freie. Dort zündete er sich eine Zigarette an und sog den Rauch tief ein. Der Geschmack im Mund war schal, die Kehle brannte.

»Scheiß drauf, habe ich einen Brand, selbst die Tschick schmeckt nicht mehr.« Er schnippte die Zigarette weg und ging.

## *Theres*

»Der Anwalt vom Johann hat beim Herrn Pfarrer angerufen. Es wäre dringend, soll ich dir ausrichten, und ob du hinüber zum Telefon kommen könntest. Er würde sich in einer Stunde wieder melden.«

Die Pfarrköchin war noch ganz kurzatmig, als sie vor der Tür stand. Theres zog die Kleiderschürze aus, nahm die Jacke, schlüpfte in die bereitstehenden Schuhe und lief mit der Köchin hinüber zum Pfarrhof.

Am Telefon eröffnete ihr der Verteidiger, sie hätten Johann aus dem Gefängnis fortgebracht und in die Irrenanstalt eingewiesen. Das sei besser so für ihn. Mit jedem Tag sei er mehr und mehr verfallen, bis schließlich der Arzt auf der Krankenstation es nicht mehr habe verantworten können, ihn dort zu behalten.

»Es ist ein Gefängnis, keine Irrenanstalt«, hatte er gesagt. Die Abteilung dort sei für Fälle wie ihn einfach nicht ausgelegt, und somit war sein Aufenthalt sowohl für ihn selbst als auch für seine Mitgefangenen unzumutbar. Er hätte mit dem

Staatsanwalt und auch mit dem Richter gesprochen, und alle drei hätten sie schon immer ihre Zweifel daran, ob alles richtig war mit Johann und in dessen Kopf. In all den Gesprächen, die sie mit ihm geführt hatten, waren sie dem tatsächlichen Ablauf der Tat nicht einen Schritt näher gekommen. Seine Aussagen hätten sich ständig widersprochen, wenn er sich denn überhaupt zu den Vorfällen geäußert hatte. Für ihn als seinen Verteidiger wäre die Arbeit dadurch nie einfach gewesen. Nach erneuten Unterredungen seien sie nun zu dem Schluss gekommen, dass keiner, der noch alle Sinne beieinanderhatte, auf so barbarische Art Tochter und Enkel ermorden konnte. Und nur ein Verrückter würde in all den Wochen und Monaten, die nun vergangen sind, niemals Reue zeigen, selbst bei einem eiskalten Mörder würde man früher oder später ein Motiv erkennen und die Tat erklären können.

»Frau Zauner, glauben Sie mir, die Einweisung in eine Irrenanstalt ist für ihn in seinem Zustand auch sicherlich leichter zu ertragen, als weiter im Gefängnis zu bleiben. An eine Wiederaufnahme des Verfahrens ist nicht zu denken, es gibt keine neuen Erkenntnisse. Es tut mir schrecklich leid, aber das ist das Einzige, was ich noch für Sie tun kann.«

Und damit hängte er ein.

Theres blieb einen Augenblick lang stehen, dann legte sie den Hörer auf die Gabel. Der Köchin, die sie neugierig und fragend ansah, sagte sie nur: »Sie haben ihn nach Karthaus gebracht.«

Und ging.

Draußen hatte es zu tröpfeln angefangen, Theres achtete nicht darauf. Es war ihr auch gleichgültig, als der Regen immer stärker wurde und sie schließlich durchnässt bis auf die Haut wieder zu Hause ankam.

Zwei Tage später kam das Schreiben vom Amt. Darin stand, wohin genau sie ihn gebracht hatten und dass es nun, da er nicht mehr im Gefängnis, sondern in der geschlossenen Abteilung des psychiatrischen Krankenhauses untergebracht war, für sie möglich wäre, ihn häufiger zu besuchen, wenn sie es denn wünschte. Gleich in der nächsten Woche war sie zu ihm gefahren und blieb, solange es die Ärzte ihr erlaubten, bei ihm.

## *Johann*

Im Unterschied zu der Gefängniszelle lagen sie in der Klinik zu viert oder zu sechst in einem Zimmer. Auch wurde in der Nacht das Licht nicht ganz gelöscht, eine kleine Funzel brannte die ganze Zeit. Sobald es draußen vor den vergitterten Fenstern finster wurde, wurde er unruhig. Er hielt es in seinem Bett nicht aus, lief umher oder setzte sich ganz nah zu seinen Mitpatienten und starrte diese an. Wurde er von den Schwestern und Pflegern wieder in das eigene Bett zurückgebracht und dort, um zu verhindern, dass er wieder aufstehen und seine Wanderung fortsetzen würde, mit Armen und Beinen am Rahmen fixiert, fing er an zu schreien. Meistens beruhigte er sich nach einer Weile, manchmal, wenn gar keine Ruhe einkehrte, wurde er aus dem Zimmer gefahren, kam dann am nächsten Morgen wieder zurück, noch ganz aufgewühlt und erschöpft von der letzten Nacht.

Seine Tage verbrachte er damit, im Zimmer auf seinem Bett zu sitzen oder den langen Flur auf und ab zu laufen. Stunde um Stunde. Anfangs zählte er die Schritte, zählte, wie oft er den Flur entlanglief, doch nach und nach vergaß er es. In den weiß getünchten Fluren saßen elende Gestalten, wie er eine war. Und wie er waren sie den ganzen Tag in Gespräche mit sich selbst vertieft. Manchmal brabbelte er vor sich hin, schrie oder weinte. Jede Stimmung konnte von einer Sekunde zur nächsten ins Gegenteil umschlagen. Er lebte in seiner eigenen kleinen Welt, abgeschieden von allen, nicht fähig, mit den anderen zu sprechen, Anteil zu nehmen. Wie die zahnlose Alte, die immer darauf wartete, dass er an ihrem Zimmer vorbeikam. Sie stürmte dann auf ihn zu, fasste ihm ins Gesicht, versuchte, mit den Fingern in seinen Mund, seine Nase zu gelangen. Ließ sich nicht abschütteln, stupste ihm mit ihren dürren Zeigefingern in die Augäpfel. Er wehrte sich, so gut er konnte, schrie um Hilfe, bis die Pfleger kamen und die Alte fortführten.

An manchen Tagen ertrug er das Hemd nicht mehr an seinem Leib. Sooft die Pfleger auch versuchten, es ihm anzuziehen, riss er es sich herunter. Banden sie ihm die Hände auf den Rücken, wälzte er sich auf dem Boden, versuchte, ein Stück Stoff mit den Zähnen zu erwischen, nur um es sich so vom Körper zu ziehen, sich seiner zu entledigen wie eine Eidechse, die sich ihre trockene und alte Haut vom Körper schabt.

In den Räumen, deren Türen auf der anderen

Seite des Flurs lagen, saßen Patienten zusammen, entwirrten stundenlang Wollfäden. Hatten sie einen längeren Faden aus dem Bündel befreit, knoteten sie ihn mit den anderen Fäden zusammen und wickelten diese zu bunten Knäueln auf.

Der Arzt forderte ihn auf, im Zimmer mitzuarbeiten, und er, der es nicht gewohnt war, den ganzen Tag im Haus zu sein, fügte sich, saß mit den anderen am Tisch und entwirrte die Fäden.

Mit der Zeit nahm er alles um sich herum nur noch bruchstückhaft wahr. Die Tage glichen sich, unterbrochen nur durch die Visiten der Ärzte. Das Einzige, was er merkte, war, dass er sich immer mehr verlor und dass ihm auch sein Glaube keinen Trost spendete. Er versuchte dagegen anzukämpfen, er wollte sich seine quälenden Gedanken von der Seele schreiben, doch seine Hände gehorchten ihm nicht mehr, so begann er, seine Erinnerungen in leere Flaschen abzufüllen, indem er sie bis zum Rand mit Worten füllte und dann sorgfältig verschloss. Hielt er sich die Flaschen ans Ohr, glaubte er, seine eigene Stimme darin hören zu können. Öffnete er den Verschluss, schlüpften die Worte wieder heraus. Doch die Pfleger und Ärzte verstanden nicht, was er da tat, hielten ihn nun für vollkommen verrückt. Aber wie hätte er seine Erinnerungen anders schützen können? Er musste die Worte wegschließen, ehe sie für immer verloren waren, denn mit jedem gesprochenen Satz schien er mehr zu vergessen. Und sie hörten nicht auf, ihn zu quälen und immer und immer dasselbe zu fragen, bis von ihm schließlich nur noch eine leere Hülle übrig geblieben war.

# *Afra*

Afra schließt das Fenster und drückt den Riegel fest nach unten. Sie rüttelt noch einmal daran, dann nimmt sie die in der Speis hängende Hartwurst ab, schneidet mit dem bereitliegenden Messer noch ein Stück von dem Geräucherten, legt alles in ihre Schürze und geht in die Küche.

Albert ist in der Zwischenzeit aufgestanden und hinüber zur Höll gelaufen, den Kanten Brot hat er in der Mitte des Zimmers liegen lassen. Afra legt Fleisch und Wurst auf einen hölzernen Teller, stellt ihn auf den Tisch, dazu den Krug mit dem Wasser und noch zwei Gläser. Sie bückt sich, hebt das Scherzi vom Boden auf und drückt es Albert wieder in die Hand.

»Da, Stutzerl, da brauchst gute Zähne, aber die Holzscheitl, die lässt schön liegen, sonst tust dir nur weh.«

Afra versucht, ihrer Stimme einen heiteren Klang zu geben, sie will sich nichts anmerken lassen, dabei ist sie noch immer ganz mitgenommen von der Streiterei mit Hetsch. Wie kommt der Kerl dazu, sie so zu bedrängen? Er muss den Vater abgepasst haben – wenn der im Haus gewesen wäre, dann hätte Hetsch sich zurückgehalten. Immer schön den Schein wahren! Ein Schankmensch ist sie also, eine, die für jeden zu haben ist.

»Ach, rutscht's mir doch alle den Buckel runter, verlogene Bagage!«, murmelt sie vor sich hin.

Albert schaut seine Mutter fragend an.

»Du nicht, Schatzerl, dich habe ich nicht gemeint.«

Afra hebt Albert auf ihren Arm, der hält mit beiden Händen das harte Brot fest und kaut daran herum.

»Da hast ganz schön was zum Zuzeln.«

Sie neigt den Kopf und küsst ihn auf die Stirn.

Als es klopft, fürchtet sie für den Bruchteil einer Sekunde, Hetsch könnte zurückgekommen sein. Sie drückt das Kind fester an sich, als könnte es sie vor einem Unheil schützen, dann öffnet sich die Tür. In der Küchentür steht einer der beiden Wanderburschen von gestern.

»Die Haustür war offen, und darum bin ich gleich herein. Ich wollte fragen, ob wir uns draußen am Grant waschen können? Und vielleicht hätten Sie auch ein Haferl Milch oder was zum Beißen? Ein Kanten Brot würde uns schon reichen.«

»Gestockte Milch kann ich euch geben, und eine Scheibe Brot hab ich auch. Ich bringe es euch raus.«

»Vergelt's Gott.«

»Wohin seid ihr denn auf der Reise?«

»Überall und nirgends.«

»Das ist aber kein rechtes Ziel. Kannst derweil schon zu deinem Spezl, ich bring euch die Milch und das Brot.«

Afra wendet sich, das Kind immer noch auf dem Arm haltend, ab. Albert hat die Hand mit dem angenagten Brot um ihren Nacken gelegt, mit der anderen nestelt er an ihrem Kragen herum. Doch der Fremde bleibt, wo er ist, macht keinerlei Anstalten zu gehen. Das Kind zieht leicht am Ohrläppchen der Mutter. Sie fährt herum:

»Ich hab gesagt, ich bringe es euch, du brauchst nicht in der Küche stehen bleiben.«

Afra sieht den Besucher misstrauisch an. Bis Albert zu zappeln und zu quengeln anfängt und ihre ganze Aufmerksamkeit auf sich zieht. Er dreht und windet sich, möchte, dass ihn die Mutter wieder auf den Boden stellt.

»Und vielleicht hätten Sie ein kleines Haferl mit warmem Wasser? Zum Rasieren.«

»Ja, wenn das alles ist.«

Afra setzt Albert ab und geht hinüber zum Küchenherd. Sie öffnet den Deckel vom Wasserschaff und schöpft etwas heißes Wasser in ein kleines Haferl.

»Habt ihr gestern noch einen Platz zum Schlafen gefunden?«

Sie reicht dem Burschen das Wasser:

»Das müsste reichen. Ich hab ihn nicht ganz voll gemacht, dann könnt ihr noch ein kaltes Wasser draufgeben. Habt ihr alles? Einen Spiegel? Oder soll ich euch den vom Vater geben?«

»Spiegel brauchen wir keinen, aber trotzdem noch mal danke. Ich bring das Haferl nachher wieder herein.«

»Das hat Zeit. Wenn ich hier herinnen fertig bin, komme ich mit der Morgensuppe raus. In den Hof muss ich eh, die Wäsche hängt noch an der Leine, und es schaut aus, als ob das Wetter nicht mehr lange herhalten würde.«

Der Bursche steht da, immer noch an der gleichen Stelle, nun mit dem Topf in der Hand, und rührt sich nicht. Afra ist unsicher, weiß nicht, was sie tun soll. Um den Besucher zum Gehen aufzufordern, geht sie hinüber zum Fenster und sieht hinaus.

»Das hält schon noch eine Weile her, ich glaub nicht, dass da so schnell was runterkommt.«

Hört sie ihn sagen. Er verharrt noch einen Moment mit dem Haferl in der Hand, als ob er dem Gesagten noch etwas hinzufügen möchte, dreht sich aber dann doch um und geht hinüber zur Tür.

Afra, die ihm den Rücken zugewendet hat, hört, wie er die Tür hinter sich schließt.

»Der Schaukelbursch hat jetzt auch nicht gewusst, was er will, was, Albert? Der war genauso anhabisch wie der Hetsch.«

Und weiter: »Herrgott, Albert, ich muss die Scherben der kleinen Vase zusammenkehren, die liegen noch immer in der Kammer auf dem Boden. Bleib schön hier, die Mama ist gleich wieder da, hörst. Ich nehme bloß schnell das Beserl und Schauferl und geh hinüber. Es dauert nicht lang, und bleib vom Ofen weg, Kind, sonst verbrennst dir die Finger.«

Doch Albert hört ihr gar nicht zu, er sitzt auf dem Boden und spielt mit dem Brotscherzerl, dreht kleine Kugelchen aus dem mit Speichel vermischten Teig und rollt diese vor sich hin und her.

*Aus der Aussage Matthias Karrers, Hausierer und Scherenschleifer, 18 Jahre nach den Ereignissen*

Gleich nach dem Krieg bin ich von Unterlichtenwald weg. Unter den Nazis, da war es dem Vater nicht erlaubt, mit seinem Wandergewerbeschein herumzureisen. Immer hat er mir davon erzählt, wie es war, das freie Leben. Meine Leute sind schon immer auf der Reise gewesen, das gehört zu uns wie die Luft zum Atmen, es liegt uns im Blut. Mein Vater ist neben dem Wagen auf die Welt gekommen, unterwegs, einfach so. Wie zuvor sein Vater und all die Ahnen davor. Unsere Leute waren mit den Pferdewagen unterwegs, mit Kind und Kegel, Enten, Gänse, Schweine, alles war dabei, der ganze Hausstand. Wir haben unsere festen Plätze gehabt, und die sind wir angefahren. Ein jeder hat gewusst, wenn wir kommen. Wir waren ehrbare Leute, keine Zigeuner. Jenische eben.

Es muss im Frühjahr 47 gewesen sein, wie ich los bin. Ich habe meinen Rucksack zusammengepackt und bin fort. Der erste Karrer, der alleine losgezogen ist, nicht mit der ganzen Sippe, aber ich habe gewusst, unterwegs, da treffe ich immer welche von uns. Und so war es dann auch. Die Unsrigen erkennt man an der Sprache, es ist eine Mischung aus Rotwelsch, Bairisch und Jiddisch, halt aus allem, wie wir selber auch.

Im Herbst desselben Jahres hab ich dann zwei Burschen getroffen, den Otto und den Wackes. Den richtigen Namen von dem weiß ich nicht. Er hieß halt so, weil Wackes, das ist das Wort für Franzose bei uns. Er hat immer gesagt, er will sich durchschlagen zum Franzosen und dort in die Legion. So war er, der Wackes.

Ich hab mich von den beiden zu einigem Blödsinn überreden lassen, da einmal was klauen, dort was mitgehen lassen. Aber in dem Alter siehst manches halt anders, und den neuen Freunden, den willst halt auch imponieren. Wenn man jung ist, ist man auch dumm. So was kann nicht lang gut gehen.

Und in Alling sind der Otto und ich erwischt worden, wie wir beim Bäcker eingestiegen sind. Den Tag davor hatten wir nichts Gescheites zum Beißen gehabt, nur ein paar fast noch grüne Äpfel und einen Kanten altes Brot. Die ganze Zeit über war mir richtig dasig vom Hunger und weil mir die Luft im Bauch schon zu Kopf gestiegen war.

Es war gerade finster geworden, wie wir ins Dorf gekommen sind. Schon den ganzen Tag hat uns der Wackes keine Ruhe gelassen. Er hat gesagt, wie einfach es ist, beim Bäcker einzusteigen, und dass er sich dort auskennt »wie in seiner eigenen Westentasche«. Er wäre im Krieg zum Arbeiten dort gewesen, und von der Zeit, da hätte er noch eine Rechnung offen. Geschunden hätte ihn der Kerl, und da würde es nichts schaden, wenn er jetzt bluten müsst'. Auch würde er es selber machen, wenn wir uns nicht trauten, aber die Hand, die täte ihm weh, die wollte nicht heilen. Damit ich ihm auch glaubte, streckte er sie mir hin, so konnte ich sehen, dass er eine tiefe Schnittwunde am Handballen hatte, sodass die Haut auseinanderklaffte und das wilde Fleisch herausschaute.

»Außerdem«, hat er zu mir gesagt, »kannst du dann zeigen, ob du wirklich was draufhast oder nur ein Dampfplauderer bist, mit viel Schiss in der Hosen. So einen können wir nicht brauchen, was, Otto?«

Der nickte, als stimmte er ihm zu. Als junger Busch lässt du dir das nicht zweimal sagen, so war es ausgemacht. Geld und Brot sollten wir mitnehmen oder was wir sonst noch finden.

Der Franzos', der sollte vorne spannen und der Otto und ich hinten durch das Fenster in die Backstube einsteigen.

Der Bäcker hatte sein Schlafzimmer gleich über der Stube. Was uns der Wackes aber nicht gesagt hatte. Vielleicht hat er es auch nicht gewusst. Und wie ich das Fenster neben der Tür eingeschlagen habe, müssen die oben wach geworden sein. Laut genug hat es ja gescheppert, das war ein Schlag, der hätte selbst Tote aufgeweckt. Das Fenster war heraußen, und wir sind rein in die Backstube. Und dann ging alles ganz schnell. Wir hatten nicht einmal mehr Zeit, nach Geld oder nach was anderem zu suchen, das wir hätten mitnehmen können. Der Teigaff hat uns gestellt. Wann dir einer eine Schrotflinte unter die Nase hält, dann weißt, dass es jetzt an der Zeit ist, stillzuhalten. Bis wir uns umgeschaut haben, waren schon die Schutzmänner da und haben uns mitgenommen. Der Wackes, der Hund, war weg. So sind nur der Otto und ich in den Hafen einpassiert.

## *Hetsch*

Das Gespräch mit der Afra war alles andere als gut gelaufen. Hetsch stürmte, mit sich selbst lamentierend und hadernd, durch den Wald. Er ärgerte sich, warum wollte sie ihn nicht haben? Sie hatte sich doch auch mit dem Franzosen eingelassen. Nur wegen seines kurzen Beines? Er war einer der größten Bauern am Ort, eine wie die Afra, die konnte sich ihre zehn Finger abschlecken, so einen wie ihn würde die doch nie bekommen. Aber er war selber schuld, er hatte sich auch zu blöd angestellt. Mit jedem Schritt wuchs sein Grant. Was und wer war sie denn schon? Ein Franzosenflitscherl! Eine, die vorn und hinten nichts hatte und sich dann auch noch ein Kind hatte anhängen lassen. Wenn sie schon einen ledigen Bankert hatte, dann halt wenigstens von einem Hiesigen. Aber so? Eine Schnalle war sie, die Afra. Ein ganz ein billiges Weib. Und er war auch noch so dumm gewesen und hatte sich einschüchtern lassen. Eine Gosche hatte er sich anhängen lassen und davongelaufen war er, wie ein kleiner Schulbub. Weil er Schiss hatte vor der Zaunerin. Ein Lapp war er, ein Lalli. Dabei hatte er Theres doch gar nicht zu Gesicht bekommen. Und wenn? Was konnte sie schon dagegen haben? Hungerleider, Häusler, froh müssten sie doch sein, dass er die Afra haben wollte, mitsamt dem Bankerten. Eine Sorge weniger hätte sie dann. Bei denen schaute doch Tag und Nacht die Not zum Fenster heraus.

Hetsch hetzte durch den Wald. Die Luft war drückend, der Schweiß lief ihm den Rücken hinunter. Von Zeit zu Zeit wischte er sich mit dem Taschentuch die Stirn trocken. Er hätte die Sache anders anpacken müssen, ganz anders. Beim nächsten Mal würde er sich nicht so abwimmeln lassen. Da würde er Nägel mit Köpfen machen. Aber wer weiß, wann sich wieder so eine Gelegenheit bot und wann er wieder den Mut dazu hatte. Das konnte dauern, warum noch warten? Er würde gleich noch einmal zurückgehen. Es hatte keinen Aufschub mehr, er wollte es jetzt wissen. Jetzt auf der Stelle.

Hetsch blieb stehen, er wollte zurück nach Finsterau. Er würde die Afra noch einmal zu Rede stellen, würde so lange bleiben, bis sie ja sagte, ja sagen musste. Und wenn nicht, dann sollte sie was erleben. Einer wie er, der würde sich nicht noch ein weiteres Mal vorführen lassen. Was wollte sie überhaupt? Sie konnte froh sein, dass er um sie warb. Er würde ihr schon zeigen, dass man so nicht mit ihm umging. So nicht! Ganz genau so würde er es machen.

# *Afra*

In der Kammer liegen die Scherben der Vase bis unter das Bett verteilt. Afra bückt sich und kehrt mit dem kleinen Handbesen die Bruchstücke darunter hervor. In Gedanken ist sie bei dem Kind in der Küche, sie hat Angst, es könnte trotz des Verbotes aufstehen und hinüber zum Küchenherd laufen. Mit einem Ohr lauscht sie daher angespannt jedem Geräusch.

Wo der Vater nur bleibt? Es ist schon spät, er müsste auch gleich nach Hause kommen. Sie hört Schritte im Flur, ein kurzes Rascheln, dann wird die Tür zur Küche aufgemacht. Afra ist sich sicher, an den Schritten den Vater zu erkennen. Sie ist erleichtert, Albert ist nun nicht mehr allein in der Küche, der Vater wird ein Auge auf ihn haben.

Mit einem Mal hört sie das Kind weinen. Sie lässt alles stehen und liegen, so schnell als irgend möglich läuft sie hinüber in die Küche. Die Hand noch an der Klinke, die Tür halb offen, sieht sie den Buben in der Ecke gleich neben der Bank am Boden kauern. Rotz und Tränen laufen über sein Gesicht.

»Was ist los, Albert? Hast du dir wehgetan?«

Afra eilt auf ihn zu, sie beugt sich zu dem weinenden Kind hinunter, möchte es trösten. Aus dem Augenwinkel nimmt sie die Person wahr, die noch mit im Raum steht. Es ist nicht der Vater. Sie wendet den Kopf zur Seite, mit dem Rücken zum Büfett steht der andere Wanderbursche, der, der sie gestern noch so an den Vater des Kindes erinnert hat. Afra versteht zuerst nicht, was vorgeht, hat sie doch am Klang der Schritte geglaubt ihren eigenen Vater erkannt zu haben, dann sieht sie die offenen Türen und Schubladen. Sie richtet sich auf, streckt sich, geht einen Schritt auf den Burschen zu.

»Was suchst da? Schleich dich, mach bloß, dass du rauskommst!«

Der fühlt sich überhaupt nicht ertappt, ist ganz ruhig, grinst sie sogar an.

»Was werde ich schon suchen? Ein Geld, was zum Essen und was ich sonst noch find.«

»Bei uns gib es nichts zu holen. Wir haben nichts.«

Afra nimmt ihren ganzen Mut zusammen, geht langsam weiter in seine Richtung.

Er weicht ein kleines Stück zur Seite, für einen kurzen Augenblick glaubt Afra, er geht beiseite, um ihr Platz zu machen, dann erst sieht sie das Messer. Er hält es in der Hand, die zuvor hinter seinem Rücken versteckt war.

»Ich an deiner Stelle würde mich hier in der Küche auf die Bank setzen und mich ruhig halten, dann passiert dir nichts und dem Kind auch nicht.«

Er sagt es mit einem Lächeln, doch seine Augen und die Stimme sind kalt.

Afra zögert, dann geht sie langsam weiter.

»Steck das Messer weg, mir jagst du damit keine Angst ein, ich bin schon mit ganz anderen fertiggeworden.«

Schnell springt sie auf den Burschen zu, versucht, ihn am Arm zu packen. Der dreht sich weg, drängt sie mit der Schulter ab. Afra rangelt mit ihm. Er packt sie mit der freien Hand an den Haaren. Sie versucht ihn zu kratzen, zu beißen. Er will sie wegschleudern. Sie klammert sich fest, tritt mit den Füßen um sich, will ihn am Schienbein treffen. Schließlich bekommt sie seinen Arm zu fassen.

Für kurze Zeit halten sie beide das Messer in der Hand, der Fremde lässt nicht locker, versucht Afra niederzuringen. Sie rempeln gegen das Küchenbüfett. Das Geschirr im Schrank scheppert, die Türen schlagen gegen den Kasten. Albert schreit und weint. Er steht auf und läuft hinüber zur Mutter. Der gelingt es endlich, dem Burschen das Messer zu entwinden. Dabei schneidet sie ihm in die Hand.

»Schau, dass du dich schleichst.«

Afra hält das Messer mit beiden Händen fest, sie steht mit dem Rücken zur Küchentür, lässt den Burschen nicht aus den Augen, hält ihn in Schach. Albert hängt dabei schwer an ihrem Rock.

»Das Mensch hat mich gestochen! Schau her, wie ich blute! Na warte, dir werd ich's zeigen!«

Der Bursche steht kaum mehr als eine Armlänge von ihr entfernt. Sie hört nur auf Alberts Weinen, bemerkt den Zweiten erst, als der ausholt und ihr mit einer Flasche über den Kopf schlägt. Das Messer fällt zu Boden. Afra taumelt, kann sich gerade noch am Tisch festhalten. Sie versucht, wieder auf die Beine zu kommen. Rappelt sich auf, dann trifft sie ein zweiter Schlag. Die Stimme des Kindes überschlägt sich, es will noch näher zur Mutter. Einer der beiden packt Albert, zerrt ihn fort, schleudert ihn achtlos wie eine Puppe in die Ecke, wo er wimmernd liegen bleibt. Afra klammert sich an den Beinen des Angreifers fest. Der tritt mit den Füßen nach ihr. Stößt sie weg. Schlägt erneut auf sie ein. Mit letzter Kraft schleppt sich Afra hinüber zum Sofa, krallt sich mit beiden Händen fest und versucht sich hochzuziehen. Blut läuft ihr über das Gesicht.

Nur noch schemenhaft nimmt sie wahr, wie einer der beiden Angreifer sie auf das Sofa stößt und ein weiteres Mal auf sie einschlägt. Dann wird es ganz schwarz vor ihren Augen.

## *Aus der Aussage Matthias Karrers, Hausierer und Scherenschleifer, 18 Jahre nach den Ereignissen*

Wie ich gemerkt hab, dass der Wackes den Gendarmen ausgekommen ist und nur der Otto und ich haben dran glauben müssen, da hat mich die ganze Sache schon sakrisch gewurmt. Ich hatte einen Mordsgrant auf den Franzosen. Erst redet er gescheit daher, und dann lässt er uns sitzen. Haut ab, weil er Mores hat, weil er Schiss hat! Und so einer redet Tag und Nacht von der Legion und dass man dort Mumm in den Knochen braucht! Ich hab dem Otto gesagt, was ich von seinem Freund halt, nämlich dass er ein Haderlump ist, ein windiger. Keine Ehre im Leib.

»Er hat uns im Stich gelassen, wie wir ihn gebraucht hätten, so was macht man nicht. Das ist schofel.«

Hab ich dem Otto gesagt.

Erst hat es der Otto es nicht hören wollen und ich »soll mein Maul halten«, doch nach und nach hat auch er seinen Grant auf den Wackes herausgelassen. Er hat angefangen zu erzählen, was er mit dem Franzosen schon alles erlebt hat und dass es nicht das erste Mal war, dass sie wo eingestiegen sind, und wie froh er eigentlich ist, nicht mehr mit ihm zusammen zu sein.

»Der Wackes ist ein wilder Hund. Weißt, es hat auch sein Gutes, dass sie mich jetzt erwischt haben, sonst hätte es noch schlimm enden können mit mir. Auch wenn er jetzt abgehauen ist, aber bei dem da musst aufpassen auf jedes Wort, auf alles. Der ist gleich auf der Höhe und dann auch schnell mit dem Messer bei der Hand. Da wärst nicht der Erste, der dran glauben muss.«

Hat er mir gesagt.

Und dann hat er mir nach und nach alles erzählt, die ganze Zeit, die er mit dem Wackes zusammen war. Erst hab ich es gar nicht recht geglaubt, denn wenn du eingekastelt bist, dann hörst so allerhand Geschichten, und die meisten sind nicht wahr.

Wir waren ja in der gleichen Zelle, und in der Nacht, wenn der Otto nicht schlafen konnte, da hat er immer wieder damit angefangen, besonders mit der einen Geschichte, die hat ihm keine Ruhe gelassen, und so hab ich dann alles erfahren.

»Ehe wir dich getroffen haben, da sind wir zu diesem Haus gekommen, und da ist das Unglück passiert. Drüben in der Gegend von Finsterau. Zu Beginn war alles, wie wir es immer gemacht haben. Ich bin ins Haus hinein und hab gefragt, ob wir uns draußen im Hof am Brunnen waschen können, und auch, ob wir was zum Essen haben könnten. Freilich bin ich hinein, um zu schauen, was es zum Holen gibt. Ich würde lügen, wenn ich es nicht zugeben wollte. Ich also rein unter einem Vorwand und wollte sehen, wer alles im Haus ist. Aber da war nur die junge Frau und das Kind, das hab ich dem Wackes erzählt, und der ist dann nach mir hinein. Er hat noch gemeint, so ein Weib ist leicht einzuschüchtern und aus der bringt er schon heraus, wo sie was haben. Nur schnell muss es gehen, damit keiner kommt.«

Der Otto selber, der hatte derweil draußen vorm Haus am Grant bleiben sollen und spannen, damit auch ja keiner kommt. Erst wie er den Lärm von dem Hendl gehört hat, da ist er ins Haus rein.

»Das Kind hat gebrüllt wie am Spieß, und die Frau ist dagestanden mit dem Messer in der Hand. Der Wackes hat geschrien, dass das Mensch ihn an der Hand gestochen hat. Da hab ich nicht lange gezögert und eine leere Flasche gepackt und ihr eines drübergezogen. Was hätte ich auch machen sollen? Sie hat das Messer fallen lassen und sich gerade noch am Tisch festhalten können. Der Wackes ist mit zwei, drei Schritten auf sie zu und hat das Messer weggestoßen. Doch die war zach, die hat sich derrappelt und ist wieder hoch, und dann ging alles ganz schnell, der Wackes hat dann noch mal zugeschlagen. Zuerst mit der Flasche, die hat er mir aus der Hand gerissen, und dann mit einem kleinen Hackl. Wie der so schnell an das Hackl gekommen ist, kann ich nicht sagen. Ich bin dagestanden und hab mich nicht gerührt. Bis der Wackes mich angebrüllt hat, ich soll schauen, dass ich rauskomm, und spannen. Denn wenn jetzt noch ein anderer kommt, dann wären wir verratzt. Ich bin raus zum Grant und hab unser Sach gepackt. Ein paar Minuten, und der Franzose war auch wieder heraußen, dann sind wir los.«

Später soll ihm der Franzos' noch gesagt haben, dass er der Ruchin noch einmal eine gedupft hat. Auch dem Bankert hat er eines mit der Hacke drübergezogen.

»Weil es gar nicht zum Greinen und Wimmern aufgehört hat.«

Aber das hat der Otto gar nicht hören wollen.

Gelohnt hat es sich nicht, sie hätten nur eine Wurst, ein paar Mark und eine Taschenuhr mitgehen lassen. Das Geld und die Uhr hätte er in der Kammer gefunden, nachdem er sie erschlagen hat.

Mir hat die Geschichte keine Ruhe gelassen, ich wollte wissen, ob an der was dran ist oder bloß ein Dahergeschmarre. Und ich wollt, dass die nach dem Wackes, dem Lumpen, suchen. Darum habe ich es einem der Wärter erzählt. Aber der hat mir nicht geglaubt, der hat gedacht, ich will einen anderen hineintupfen, wie das gang und gäbe ist, dass ich selber gut dastehe und bessere Karten habe, wegen der Sache mit dem Teigaff. Und der Otto, der feige Hund, der hat natürlich von einer Minute auf die andere nichts mehr gewusst. Der hätte nicht einmal mehr seine eigene Mutter gekannt, wenn sie ihn gefragt hätten, der Lapp, sonst wär er ja auch dran gewesen.

Wie ich dann wieder draußen war aus dem Gefängnis, hab ich jahrelang nicht mehr daran gedacht. Woher hätte ich denn auch wissen sollen, ob es überhaupt wahr war oder sich der Otto doch nur aufgemandelt hat. Dass es stimmte, hab ich erst später erfahren, und auch nur durch einen Zufall auf der Reise, weil ich in der Gegend von Finsterau unterwegs war. Da hat mir eine Kundschaft davon erzählt, und von daher habe ich auch den alten Zeitungsausschnitt.

Und wie ich es dann noch einmal zur Anzeige hab bringen wollen, da hat mir wieder keiner geglaubt. Alle haben sie gesagt, dass der »Richtige« schon eingesperrt und verurteilt worden ist. Der Wackes, der soll in der Legion sein, und der Otto, der hat nie was auf die Reihe gekriegt, bis sie ihn dann später bei einer Wirtshausschlägerei erstochen haben. Zumindest gehört hab ich das.

Aber die Geschichte mit der jungen Frau und dem Kind, die bin ich nie losgeworden.

## *Wackes*

Als Winfried Niedermayer gegen halb fünf von der letzten Tour mit dem Bus auf den Betriebshof fuhr, war es ein Arbeitstag wie jeder andere gewesen. Er hatte am Morgen angefangen, das Mittagessen im Bus eingenommen, sich danach noch ein wenig ausgeruht. Nichts war anders gewesen an diesem Tag.

Er stellte den Bus ordnungsgemäß ab, nahm seine Jacke, die hinter dem Fahrersitz hing, und seine Aktentasche. Sah noch einmal nach, ob auch alles seine Ordnung hatte, dann stieg er aus, sperrte das Fahrzeug ab und wollte wie immer den Schlüssel ins Büro zurückbringen und sich in der Liste austragen.

Die Männer kamen auf ihn zu, als er gerade über den Hof hinüber ins Büro ging. Schon wie er mit dem Bus auf das Gelände gefahren war, waren sie ihm aufgefallen, er hatte sich aber nicht weiter um sie gekümmert. Nun fragten sie ihn nach seinem Namen und ob er im Sommer 1947 in der Gegend von Finsterau als Wanderbursche unterwegs gewesen war. Da wusste er, dass sie gekommen waren, um ihn mitzunehmen. Er sagte ihnen nur, dass er schon lange auf sie wartete.

Sie verhafteten ihn. Er ließ alles ruhig und ohne Gegenwehr geschehen.

Als sie ihn später fragten: »Warum auch das Kind?«, antwortete er:

»Wenn die Katz stirbt, erschlägt man auch die Brut.«

KAMPA VERLAG

Andrea Maria Schenkel

*Der Erdspiegel*

Roman

Ein Serienmörder aus einem kleinen Ort bei Regensburg. Historisch verbürgt, zum ersten Mal erwähnt um 1811.

Gemeinhin glauben die Leute, was der Bichel sagt. Er redet wie ein gelehrter Mann – und ist doch nur ein einfacher Viehhändler. Aber der Bichel kann erzählen. Diese Gabe ist nicht jedem gegeben. Der Bichel versteht es, die Leute in seinen Bann zu ziehen. Einen magischen Spiegel soll er besitzen, so hört man. Darin könne man geliebte Menschen sehen. Und der Spiegel sage einem die Zukunft voraus. Nur über den Erdspiegel sprechen dürfe man nicht! Seine Kritiker schimpfen den Bichel einen Menschenfänger, doch die meisten glauben ihm, wollen ihm glauben, dass sie ein besseres, ein leichteres Leben verdient haben. Die meisten – das sind junge Mädchen, hübsche und fleißige Töchter armer Tagelöhner. Sie mögen naiv und leichtgläubig sein, aber sie haben Träume. Bis eine nach der anderen plötzlich verschwindet …

»Andrea Maria Schenkel hat den Krimi für Deutschland neu erfunden.«

*Die Zeit*

KAMPA POCKET

Olga Tokarczuk
*Gesang der Fledermäuse*

Roman

Aus dem Polnischen von Doreen Daume

Krimi? Feministischer Roman? Anklageschrift gegen Tierquälerei? Vor allem: ungemein spannend!

Im Sommer tummeln sich wohlhabende Städter auf dem Hochplateau an der polnisch-tschechischen Grenze. Im Winter fliehen die allermeisten Einwohner den windumtosten Ort. An den langen dunklen Tagen widmet sich Janina Duszejko der Astrologie und der Lyrik des von ihr verehrten William Blake. Man hält die ältere Dame für verschroben, wenn nicht gar für verrückt, auch weil sie die Gesellschaft von Tieren der von Menschen vorzieht. Dann gibt es einen Toten. Janinas Nachbar Bigfoot ist grausam erstickt: In seiner Kehle steckt der Knochen eines Rehs. Und es bleibt nicht bei einer Leiche. Janina ermittelt auf eigene Faust. Kriminalfall, philosophischer Essay, Fabel, literarisches Spiel – auf ebenso komische wie ergreifende Weise zeigen Olga Tokarczuk und ihre hinreißende Heldin, wie sehr es unserer Gesellschaft an Respekt mangelt, ob der Natur und den Tieren gegenüber oder jenen Menschen, die am Rande stehen.

»Man muss einfach staunen über den Ideenreichtum dieser Autorin. In beinahe jedem Satz entfaltet sie ein neues Universum.«
*Lisa Kreißler / NDR Kultur*

»Ein ziemlich skurriles, phantasievolles Stück Literatur.«
*Alexander Košenina / Süddeutsche Zeitung*

KAMPA POCKET

Susan Hill

*Stummes Echo*

Roman

Aus dem Englischen von Andrea Stumpf

»Was Erinnerung auslösen kann, wenn sie unterschiedlich wahrgenommen wird. Großartig und fesselnd.«

*Hessischer Rundfunk*

Auf einem Hügel irgendwo im Norden Englands steht ein Haus, vom Wind umtost: der Beacon. Hier sind May, Frank, Colin und Berenice aufgewachsen. Das Leben auf dem Hof war hart, aber die Geschwister hatten es immer gut miteinander. So war es doch, oder? Nur zwei von ihnen ziehen in die Fremde, nach London. May kehrt schon nach ihrem ersten Studienjahr zurück und kümmert sich fortan um ihre Eltern und den Hof. Nur auf dem Beacon fühlt sie sich sicher und geborgen. Frank aber bleibt in der Großstadt, macht Karriere als Journalist und schaut nicht mehr zurück. Bis zu dem Tag, an dem er beschließt, ein Buch über einen Jungen zu schreiben, dessen Kindheit geprägt war von Leid und Gewalt. Und dieser unglückliche Junge war er selbst? Ein Buch über fragile Familienbande und die Brüchigkeit von Erinnerungen, über die unsichtbaren Verletzungen, die uns das Leben zufügt, und die wundersamen Wege, diese zu überwinden.

»Wundervoll und weise. Ein kleines Meisterwerk.«

*Daily Telegraph*

KAMPA POCKET

Laura Lippman

*Der Geliebte der Verlobten*

Der erste Fall für Tess Monaghan

Kriminalroman

Aus dem amerikanischen Englisch

von Gerhard Falkner und Nora Matocza

Tess Monaghan ist arbeitslos. Seit die Zeitung *Baltimore Star* eingestellt wurde, hält sich die Journalistin mit Gelegenheitsjobs über Wasser. Der Zufall will, dass ihr Bekannter Darryl »Rock« Panson an akutem Liebeskummer leidet und er Tess eine hübsche Summe Geld bietet, um seine Verlobte Ava zu beschatten, die sich seit einiger Zeit reichlich seltsam verhält. Tess nimmt die Ermittlungen auf und beobachtet, wie sich die junge Anwältin jeden Mittag mit ihrem Chef Michael Abramowitz im Renaissance Park Hotel trifft. Haben die beiden eine Affäre? Tess' erster Fall scheint gelöst, da wird Abramowitz tot in seiner Kanzlei aufgefunden. Und der letzte registrierte Besucher war ausgerechnet Rock. Natürlich macht sich Tess sofort daran, seine Unschuld zu beweisen. Aber diesmal geht es um Mord, und Tess droht sich bei den Ermittlungen zu weit aus dem Fenster zu lehnen.

»Die Welt der Kriminalliteratur ist reich an unangepassten Kommissarinnen und Detektivinnen. Brauchen wir da noch eine? Unbedingt, wenn sie Tess Monaghan heißt.«
*Die Welt*

KAMPA POCKET

Michael Connelly
*Schwarzes Echo*
*Der erste Fall für Harry Bosch*

Roman
Aus dem amerikanischen Englisch von Jörn Ingwersen

Harry Bosch, einst bei der Eliteeinheit des Morddezernats von Los Angeles, muss wieder ganz unten beim LAPD anfangen, nachdem er in vermeintlicher Notwehr einen Unbewaffneten erschossen hat. Viel Zeit sich zu grämen hat er nicht: Bei einem Routineeinsatz erkennt er in einem toten Junkie einen ehemaligen Kameraden aus dem Vietnamkrieg. Der Mann war wie Bosch eine der sogenannten »Tunnelratten«, die die unterirdischen Tunnelsysteme des Vietcong auszuräuchern hatten. Hat sich Billy Meadows wirklich den goldenen Schuss gesetzt? Aber warum ist einer seine Finger so seltsam gebrochen? Bosch, der unbequeme, aber brillante Detective, kann den Fall nicht zu den Akten legen. Er zieht alle Register, bis er schließlich auf eine Geschichte stößt, die buchstäblich in tiefste Abgründe führt. Beim Showdown im Kanalsystem von L. A. ringt Bosch auch mit sich selbst, denn er muss sich entscheiden – für Recht oder Rache.

»Michael Connellys Harry-Bosch-Romane zählen zu
den besten Thrillern der Gegenwart.«
*Joyce Carol Oates*

Wenn Ihnen dieses KAMPA POCKET gefallen hat, gefällt Ihnen vielleicht auch der Lesetipp auf der gegenüberliegenden Seite.

Schicken Sie uns bitte Ihren LIEBLINGSSATZ aus einem Kampa Pocket, bei einer Veröffentlichung auf unseren Social-Media-Kanälen bedanken wir uns mit einem Buchgeschenk: lieblingssatz@kampaverlag.ch